俞娴 著

U0459796

我还不想去天堂

重庆出版集团 重庆出版社

原著作名:《妈妈我不想去天堂》 作者:俞娴◎著

本书中文简体出版权由捷径文化出版事业有限公司授权,同意由重庆心翼文化传播有限公司授权于重庆出版社出版中文简体字版本。非经书面同意,不得以任何形式任意重制、转载。

版贸核渝字(2013)第 271 号

图书在版编目(CIP)数据

妈妈,我还不想去天堂 /俞娴著. —重庆:重庆出版社,2015.11
ISBN 978-7-229-10248-7

Ⅰ.妈... Ⅱ.①俞... Ⅲ.①纪实文学—中国—当代
Ⅳ.I25

中国版本图书馆 CIP 数据核字(2015)第 173794 号

妈妈,我还不想去天堂
MAMA, WO HAI BUXIANG QU TIANTANG
俞 娴 著
_____

出版人:罗小卫
责任编辑:罗玉平 李 雯
责任校对:郑 葱
_____

重庆出版集团
重庆出版社 出版

重庆市南岸区南滨路 162 号 1 幢 邮政编码:400061 http://www.cqph.com
重庆出版集团艺术设计有限公司制版
重庆市国丰印务有限责任公司印刷
重庆出版集团图书发行有限公司发行
E-MAIL:fxchu@cqph.com 邮购电话:023-61520646
全国新华书店经销
_____

开本:890mm×1194mm 1/32 印张:8 字数:163 千
2015 年 11 月第 1 版 2015 年 11 月第 1 次印刷
ISBN 978-7-229-10248-7
定价:32.00 元
_____

如有印装质量问题,请向本集团图书发行有限公司调换:023-61520678
_____

加油！罕见天使润润

俞娴——森森购物第一名的购物专家，曾创下一小时几千万业绩，然而荧光幕前光鲜亮丽的背后，她的17岁女儿润润却在去年年底被医生检查出患了罕见疾病"异染性脑白质退化症"，润润从此失去少女应有的活力和自理能力。

我知道每个孩子都是父母的心头肉，看到女儿受到这样的折磨，当妈妈的一定很心痛和不舍，俞娴心里的煎熬不言而喻。因此，在得知这个消息之后，我旋即写了一封信给全体同仁，请公司所有人一起为润润祷告，乞求恩典、慈爱和万能的神，赐下平安和超自然力量医治润润的病，让她能早日痊愈，获得健康。并且我以圣经《箴言》"喜乐的心，乃是良药；忧伤的灵，使骨枯干"等文字，鼓励俞娴："要常存喜乐的心，把苦难当作上帝的祝福！"请她擦干眼泪，勇敢面对。

人类文明过度发展，对于环境破坏的结果，也反噬人类自身，造成许多新兴疾病、病菌的出现，使得现代社会陷入未知的风险之中，未来势必得仰赖社会各界更多的合作和互助，才能度过危机。美国前总统克林顿先生曾于2005年2月28日到东森集团台北总部访问时，给了我很大的启发，他说：我32岁担任州长，56岁卸下美国总统职务后，成立基金会为全世界提供人道援助，因为"政治有时不快乐，但助人只有快乐"、"成功不是建立在别人的失败上，而是建立在协助别人的成功上"。克林顿先生曾经拥有全世界至高无上的权力，所享受的物质生活也是最顶级的，但物质的东西永远无法取代爱。从他身上，我看到一代政治领袖对人类的热情和关怀，这也是我学习的榜样！

尤其近年来创办企业的过程中历经风雨，使我更能体谅别人的立场或处境，因此，经由东森慈善和文化基金会，关怀原住民部落、举办两岸和平小天使交流活动、赞助优秀学生，借以积极投身公益。我很开心看到俞娴出书诉说自己的心情故事，除召集更多的人一起为润润加油打气外，更借本书唤起社会大众对于罕见疾病的重视和关怀。

当然，更重要的是，我希望下一步能透过立法加速台湾基因疗法的运用，让更多深受罕见疾病所苦的病人和家属看到希望，最后愿以绵薄之力，呼吁社会大众一起投身公益活动，有钱出钱、有力出力，将爱及温暖送给社会中每位需要的人！

东森集团总裁 王令麟 注

2013.05

注 王令麟为东森集团的总裁，也是作者俞娴所服务的公司——森森购物的大家长。从知道润润的事情之后，总裁不仅号召公司上下全体员工一起为润润祷告，更发动公司资源参与整个购书救助活动。

叔叔，我会好吗？

"叔叔，我会好吗？"

当润润在刚开始接受治疗的隔天早上，很清晰地说出她的担心时，我微笑了，润润的妈妈、阿姨也笑了，泛着泪水的微笑。这是近四年来，她第一次可以如此清楚而完整地表达她的心境，我们仿佛看到囚禁在潜水钟里的蝴蝶，不仅活着，而且翩翩飞舞了出来，带来这些MLD、ALD的孩子们的讯息："爸爸、妈妈，我还活着，我很爱你们！"

MLD（异染质脑白质退化症）、ALD（脑白质及肾上腺白质退化症）这些罹病的孩子大多于3至7岁间受到疾病的袭击，往往在几个月的时间内纷纷瘫倒，来不及与亲人说出他们的恐惧、期盼与不舍，心灵便被禁锢在无法动弹的躯体内。

以往医界对这类疾病束手无策，但随着分子医学的进步，目前一部分像润润这样的患者可以先控制住病情，等待更好的治疗方法。

基因治疗虽然还不是最完美的治疗，但已经是目前对于这类神经退化疾病来说最理想的治疗选择，国外不仅有越来越多基因治疗成功的案例，并且有越来越多的人体治疗试验在进行。马偕医院早在2000年时即投注于发展罕见疾病的治疗研究，虽然目前在基因治疗的领域蜚声国际，也有制造基因载体的能力，但是限于经费与设备，无法达到台湾规定的国际药厂级规格，而基因载体制造的经费，却是家属无法承受之重。尽管如此，我们仍不放弃对病患的治疗。

然而，动物实验可以等，病人却无法等待，救治这些病童已经不是单单几个家庭的事，尤其是这些病童的治疗经验，也将开启其他为数众多的小脑萎缩症、渐冻人、黏多醣储积症、肌肉萎缩症、庞贝氏症等患者基因治疗的大门。多少家庭因为疾病而冻住了欢笑，因为失去而泪湿了白天与黑夜。

巨人的花园因为分享，重新带回孩子的欢笑，花园里再度充满生机。我们虽然力量微薄如蝴蝶的羽翼，但当一起拍动时，也足以形成北地忍不住的春天，揭开覆身的冰雪^{注1}。每个孩子对世界都很重要，让我们分享爱与力量，一起举起期待，带回孩子的欢颜！

马偕医院小儿遗传科主任医生 **林达雄**^{注2}

2013.05

注1 引自郑愁予的《天窗》：……自从有了天窗，就像亲手揭开覆身的冰雪，——我是北地忍不住的春天。

注2 马偕林达雄医生是润润的主治医生，多亏他半年前诊断出润润是得了罕见疾病MLD，这一路以来多亏有他细心的治疗，还有无比的耐心包容我这啰唆的母亲，林医生，真的谢谢您。

各界名人

推荐序

看了俞娴的作品，我躺在沙发上深深地吸了一大口气，觉得好闷、快要窒息了。这不是写作，简直是求救！这本书是罕见病患的救命丹！我似乎看到一个无助又无奈的母亲，倾尽所有力量在救孩子！那个鲜明的影像让我悸动，仿佛看到了十六年前那个无助的我……

我失去过我的女儿晓燕，我知道母女天人永隔的那种锥心之痛。我知道那种无数个夜晚无法入眠，满脑子只想着女儿的心情。我知道那种一直觉得"要是我当时再多做一点，情况会不会不同"的懊悔。相信全天下做母亲的人，一定都能想象这种感觉吧！

虽然俞娴与我的情况大不相同，但一样危急。当年大家对我的爱，我一直到现在都感激在心。希望大家也能发挥一样的爱，帮助这些天使们！俞娴，你好伟大。你辛苦了，加油！

综艺大姐 白冰冰

2013.05

推荐序

与俞娴姐相识不过三年。三年来在购物台，只要遇到俞娴姐，就能让我当天的心很安定、很温暖，在工作上也往往都是打了场胜仗。

除了能稳定人心之外，俞娴还是个不说苦、连心事都很少分享的女生。当我知道她开始着手写书，为了罕见病儿童募款，才真正看见她的惊人毅力与勇敢！这一切一切，正是因为她的另一个身份——母亲。

润润患了罕见疾病，身为母亲的她，在台湾医疗制度体系下求助无门，不忍心眼睁睁地看着从小呵护到大的女儿犹如风中残烛般日渐凋零。俞娴姐决定自己站出来，不仅为了女儿，也为了罕病儿童发声，真的好勇敢、好令人佩服！

一个母亲最大的力量来自于她的儿女，为母则强的俞娴姐勇敢地完成了这本呕心沥血的书，盼能得到更多回响，也期盼这本书能撼动更多身为人父人母的各位。

知名女演员 李燕

2013.05

推荐序

对润润和好友俞娴的不舍，实难以用言语诠释。毫无预警地，最挚爱的女儿病倒了，加上超量工作……蜡烛两头烧，俞娴非但没被击垮，甚至将自己对润润的不放弃，化为大爱；润润的故事，让我们再次深深地感受到生命的脆弱与人生的无常。在与病魔搏斗中重返校园，润润的坚毅，也令人动容。感动、敬佩之余，我们更应该全力支持！

加油！润润。加油！伟大的妈咪——俞娴。加油！所有面临着生命挑战的朋友们。

媒体人 吕文婉

2013.05

妈妈，
我还不想
去天堂

推荐序

"因为爱，请给润润一个希望！"这是第一次，我写一篇推荐文是流着泪写的……我好心疼……也很心急！因为，这本书不是文学巨作，而是一个母亲情词迫切的恳求！是分秒必争的救命呼喊！是润润，和许多与她一样的罕见病儿童，在每天面对惊恐时，紧紧抓住的一线生机！

也许有很多人根本还搞不清楚MLD和ALD是怎样的病，也许我们都很难想象……一个每天睡觉前，都要害怕自己明早醒来会不会再也不能动、不能说，甚至渐渐失去生命的孩子，心底有多么无助恐惧！我们更不忍去体会，每天听着最爱的宝贝女儿恳求："妈妈，我还不想去天堂……"一个母亲究竟还能承受多久不舍与心碎？

俞娴，是我认识多年的好姐妹，也是我看过最坚强能干的女性之一。我们没有一个身患罕病的孩子，但我们一定能理解天下父母心；我们不必立刻面对生死存亡，但我们可以及时出手争取拯救一个生命！俞娴与润润展现出来的勇气，这种把小爱化为大爱的胸怀，是更令我动容、敬佩的！我万分愿意，也恳求更多的朋友们来买这本书，读这本书；让我们一起呼应，共同努力，集合更多爱的力量，为润润加油！为罕病儿奉献一分心力！

让我们一起，给润润一个希望，也许就可以赶跑黑暗恐惧，点亮她年轻的未来！

知名女主持人　寇乃馨

2013.05

推荐序

身为妇产部主任，我每天都会看到有些人欢天喜地地迎接新生命回家，却又有些人艰辛地受着病痛煎熬。我总是为了新生儿骄傲的父母亲感到开心，为了病患感到同情，常想着我是否能再为他们多做一点。

当出版社跟我提起俞娴这位辛苦的妈妈和她令人心疼的孩子润润时，我非常地于心不忍。我知道有很多辛苦而努力的医生都一直非常认真地想要替这些得了罕见疾病的孩子更尽一点力。希望在这本书出版后，更多人、更多医院能一起重视罕见疾病，一起带给这些奋斗不懈的天使们力量，一起替他们加油！

台北医学大学附设医院妇产部主任 刘伟民

2013.05

购物专家

推荐序

"什么？你们在说什么？怎么可能啦？"

这是我当初第一次知道润润病症时的反应，也是大家的反应！

印象中的润润，可爱、漂亮、单纯、乖巧。偶尔见了面，总会送我一个温暖的笑容，并加一声"玉菲姐姐"。我不知道MLD到底是什么魔鬼，但我知道，此刻的润润像天使般，对未来充满无限美好期待。回想我提笔的3小时前，她才睁大眼、用甜美的声音告诉我：她会加油、她会赶快好起来！

所以，亲爱的大家，让我们把爱心拿出来！让我们把爱喊出来！让我们一同见证润润的奇迹！

购物专家注 玉菲

2013.05

注 俞娴是森森百货的购物专家，公司同事、购物一姐们在陆续得知润润的事情之后，相偕挺身而出，为好姐妹写序推荐。

推荐序

我认识的俞娴，是一个认真工作也懂得享受生活的人，甚至还令人嫉妒地拥有一个人见人爱、贴心又亭亭玉立的女儿。我常常跟她说："好羡慕你喔！润润都快18岁了，很快你就可以自由自在地到处去玩、享受人生了。"言犹在耳，我就在办公室见到她崩溃的一面。

满脸泪水的她哭着说："我只有一个女儿，我这么努力赚钱都是为了她，如果她走了，我这么努力是为了谁？"看着她一通接着一通地打电话，中医、西医，不断地寻找治疗的方法。润润每个月要在医院住院10天以控制病情、避免一再退化，看着俞娴一下了班就直奔医院、陪女儿，同时又要承受工作的压力，以及面对病情束手无策的无力，这些都在冲击着向来独立坚强的她。

虽然身为同事，也怕太过关心造成负担，只能不断地在工作上给予支援，默默地关心她们母女的一切。某天，当她开始有笑容了，似乎肩膀没有那么紧绷了，她拿出手机让我们看润润在医院里，为了训练记忆力的唱歌、跳舞片段，从那一刻起，我们开始对"奇迹"的发生有了期待——或许事情没有我们想的那么糟！

更难能可贵的是，这位坚强的妈妈，在救自己女儿的同时，还想着能为其他罕见疾病儿童出一份力，记录下这一路来的心情点滴。虽然我也看过她在化妆间因某个单位质疑她的募款动机气到哭红眼眶，但是眼泪擦一擦，她又成了镜头前笑容满面的俞娴了，她也没因此放弃出书的募款计划，她就是这么固执、这么坚强。医生说润润是"美少女战士"，那这个妈妈就是"无敌女超人"，为了她女儿，她可以倾尽全力、倾家荡产，只为了延续她们这辈子的母女情。

各位读者，在看完这本书之后，请让我们一起有钱出钱、有力出力，科技不断地在进步，现在大家习以为常的流行性感冒，在上世纪也曾经是不治之症。让我们一起帮这些罕见病儿童多争取一些时间，也许在下个转角，这些绝症也只是一颗药丸就可以搞定的小事，不是吗？

购物专家 禹安

2013.05

推荐序

自从去年八月升格当了母亲以后，很多以往没有的心情开始出现。当同事俞娴邀我写这本书的序，我义不容辞地答应了，但坐在电脑前却不知道该如何下笔。我一直在想，如果换成是我，我该怎么样承受自己的孩子面对这样的困境？随时得面对和自己唯一骨肉生离的身心煎熬。回想起来，在我41岁高龄好不容易自然怀孕喜获麟儿不久的同时，应该也是润润确诊患病的开始。同样身为人母，看着在一旁熟睡的儿子，将心比心，眼眶早已泛红。

还记得刚开始从其他同事口中得知，每每碰到俞娴却不知道该如何安慰起，就怕好不容易打起精神、努力工作的这位母亲的心情，又被突如其来的慰问打垮。毕竟润润这个17岁花样年华、长相清秀、亭亭玉立的孩子得的疾病，是鲜有前例且几乎依靠奇迹，还在跟命运奋斗着的案例。

还记得，当我们第一次以一个母亲的心情交谈着，是我儿子在三个月时无缘由的发烧住进加护病房的时候，虽然只是三天的住院时间，孩子后来也平安出院，但我永远记得那短短的三天让我度日如年，也不知道究竟流了多少眼泪。

那天在办公室里，我拍拍俞娴的肩膀，说起彼此的心情，我们早已泣不成声。身为母亲，为了生病的孩子，那种如心头肉被硬生生割下来的痛，我们都感同身受，恨不得老天能够成全，让自己代替孩子承受每一次医疗上的痛苦。从怀胎十个月的每一分每一秒，到孩子出生长大，每个做母亲的，无时无刻不心牵挂着的，只有一个愿望，就是自己的孩子永远健康平安。

老天爷似乎已经听到也看到了一个坚强的单亲母亲，她的祈祷、多方的奔走和努力，润润屡屡用最实际的行动，告诉周遭所有人"我不会被病魔击倒"。当同样患MLD罕见疾病的孩子，都在幼年发病甚至发病不久后就卧床，我们却多次听到也看到润润病况好转且活动自如，这样的消息令人振奋！但目前为止，持续地跟时间赛跑和命运拔河的状况却无法停止，因为就像俞娴说的，她被处理MLD罕病案例的方式跟种种法规给限制住了：除了每天马不停蹄地工作以外，她没有时间休息，没有时间伤心，没有时间感叹老天爷的不公平，因此，她详细记录下所有的过程，在为润润寻求更好的医疗期间，这本书的出版也同样在为其他得了MLD罕病的孩子，争取更多活下来、恢复健康的机会。

身为一个母亲，我非常荣幸能够为这本书写序，也希望借由这本书的出版，能唤醒医疗单位对罕见疾病的医疗处理过程能够更加的友善，因为每个孩子都是父母心头的宝贝。最后除了用最真诚的心邀请所有为人父母者阅读这本书，更珍惜能跟孩子相处的每一分每一秒以外，也希望这本书的出版，能真正帮助到更多罕病的孩童，也衷心期盼润润成为台湾MLD第一个创造生命奇迹的"美少女战士"，为更多患罕病孩子的家庭带来更多的希望！

购物专家 昱晴

2013.05

推荐序

　　每天看着俞娴姐擦干眼泪上节目，下了节目又是整个瘫坐在公司的一角，就这样重复煎熬了一个多月。直到她有了出书的一股信念，将身为母亲的力量化为大爱，帮助这个社会上的罕病儿童，发挥影响力，才让她更有勇气向前！这本书不只是记录母女之间的点滴，更是一股力量，牵引着你我，共同将实际行动付诸关怀！加油娴姐！加油润润！

购物专家 **家轩**

2013.05

　　"即使是一滴小水珠，都是上天赐予的甘露。"

　　世间许多事情，看似与我们无关，其实都与我们息息相关。这本书的主角——润润，是一位17岁正值青春年华、却和时间奋搏求生的女孩，但她也展现着生命最大的奇迹。女孩与她的母亲，也就是我的好友购物专家俞娴一起为生命奋斗的过程，值得你为她们奋力鼓掌。读完本书，你将会更了解生命更深层的意义。

购物专家 **斯容**

2013.05

推荐序

为人父的我，看到娴姐现在的处境，真的觉得她好伟大，这是需要无比的勇气跟毅力的。如果同样一件事发生在自己身上，我可能没办法承受。我能够深深体会润润是娴姐这辈子唯一的最爱，根本不敢去想万一……那会是多么地痛心。也许我们看完这本书之后，人生目标、方向会重新定位，找到新的人生观；或许也会发现金钱不是最重要的。我看完这本书的内容后，只有一个想法——好好把握、珍惜每一刻跟家人、爱人相处的时光，因为人生仅此一回，再也无法重来。

购物专家 **新宁**

2013.05

想不到一个仿若戏剧里才会演出的离谱剧情，居然在我同事的乖巧女儿——润润身上，残酷地上演着！看着俞娴从每天以泪洗面，到积极地带着润润四处奔走，进行中西医合并治疗、出书、募款、上教会，不放弃找寻任何一丝能让润润再更好的方法，我真的感受到一个为人母亲能尽的最大努力了！过程中，俞娴受到了很多贵人的帮助，却也遇到很多制度与现实的无情阻碍；我相信，身为一个最伟大的母亲，俞娴会为了润润更勇敢地披荆斩棘，完成不可能的任务！

购物专家 **蔡佩芳**

2013.05

病友家长

推荐序

　　家有罕病儿，对父母亲而言是一辈子最甜蜜也最煎熬的负荷，身心所承受的苦楚，实非外人所能想象。然而，当我看到周围这些罕病儿的父母，不向命运低头、为了孩子的生命所展现的坚毅，更令人动容。感谢马偕林达雄医生努力想办法治疗，这些罕病儿只要有些许的进步，都让我们燃起希望，尤其看到润润显著的进步，更让我们愿意站出来催生基因疗法！

　　我们明白这条路是艰辛而漫长的，但孩子的生命不能等，更希望其他罕病儿可以在发病初期就得到妥善有效的治疗，不要再让罕病儿承受"没有未来"的绝望。

小杰^注爸爸

2013.05

注　现年13岁的小杰，是ALD的病患，两年前住进马偕医院，同样接受林达雄医生的治疗。虽然已卧床无法行动自如，但在父母满满的爱心照护下，仍坚强地活着。

推荐序

每位罕病天使都是父母心中的宝，每个脆弱的生命都有他存在的意义和价值。

润润的进步可说是医学上的奇迹，这个奇迹带给这些孩子们无限的希望。

一路走来真的好感谢马偕医院林达雄医生不放弃的治疗和研究，相信不久的将来会有更多奇迹发生在这些孩子们的身上！

佳萱^注 妈妈

2013.05

注 佳萱也是一位MLD孩童，2岁发病，半年后卧床，也在马偕医院接受控制治疗，至今已两年多，仍然努力地坚持活下去。

作者序

这是我的第一本书，除了记录我们母女间17年的点滴，也记录了润润生病四年来的病程，更真真实实地面对自己在教育上的不足与缺失。对父母而言，它可以为借镜；对孩子而言，它可以为警惕；对医界而言，它可以为参考；对我而言，它是我盼望润润及其他罕病孩子得到治疗的方式之一。

我一直以为人生应该先苦而后乐，也一直以为自己已经受过许多的苦，如今这几年下来，工作游刃有余、生活衣食无缺、偶尔寂寞孤单，但也享受自由自在，却从来没有想过，支持我一路走到现在的唯一力量——我的女儿润润，会在四年前开始生病，而且最糟糕的是，我在半年前才知道。

润润从确诊MLD到现在也已经半年了，这半年，我几乎不敢回想我们母女俩是怎么撑过来的。她创造了许多奇迹、也跌破了很多眼镜，她不仅还能看、能听、能说，也还能吃、能动、能写，甚至在下个月就要重回校园读书。当然，我不可否认，我依然处在提心吊胆的日子里，我害怕下一分钟，她就突然倒下，从此忘了妈妈有多么的爱她。

我是个连分享心事都很难的人，想都没想过会有这么一天，我会出书募款、请求帮助自己和别人的孩子，更没想过台湾现行的医疗制度、种种法规，会让我站在火线上，直接请民众发挥爱心，救救这些罕见到不能再罕见、生命垂危的孩子。如果最后能让他们到国外做人体实验，我会直接跟基金会请款；如果必须买药回来申请人体实验，我会把所有捐款转捐给马偕医院。款项支出与流向，我会在网上交代，所有的版税我都会全数捐出。唯独这些爱心，需要建立在信任上，请不要在这黄金救援时刻还得让我花时间去解释大家的质疑，谢谢大家帮忙。

　　虽说目前在马偕医院接受控制治疗的MLD与ALD的孩子一共有3位，我也知道不管申请人体实验会是多么可怕的天文数字，甚至出书后，可能会有很多同病症的孩子一起来报到求援，我不知道渺小的我能募到多少，能救到几位孩子，但我会尽最大的力量，因为我相信，润润的心声也是这些孩子的心声："我不想上天堂，也不要下地狱，我只想做您的女儿。"

　　这半年走来，要感谢的人太多：同学、同事、朋友、家人、厂商……我无法一一列出，因为你们持续的爱与关怀，让润润能奇迹地走到现在，俞娟就算跟你们致上一千万个感谢也不够，尤其在无路可走的时候，总裁的支援与林医生的努力，让我更有力量地继续往前找出路，谢谢你们！

　　最后，想对润润说："女儿，妈妈一定救你，别担心，你会好起来，再多撑一分钟，坚强一点，继续叫我妈妈，这一分钟的努力，就会累积一天；这一天的坚持，就会累积无数的岁月，你永远都会是我的女儿。"

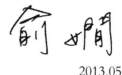

2013.05

我的宝贝女儿，润润，
妈妈一定救你，别担心，你一定会好起来。
再多撑一分钟，坚强一点，继续叫我妈妈，
这一分钟的努力，就会累积一天，
这一天的坚持，就会累积无数的岁月，
你永远都会是我的女儿，
我真的好爱你，好爱好爱我的女儿，润润。

我的挚爱，我的宝贝

目　录

楔子

"美少女战士"是林医生给润润取的绰号，她很喜欢。五个字里包含着17年来多少人对于她清秀外表的赞美、对于她乖巧善良个性的疼惜。

"以后有机会成为下个林志玲、侯佩岑……你妈以后靠你了。"这是最常听到亲朋好友的期许。当然，五个字里也包括着残酷疾病的侵袭、啃噬。润润不断地告诉自己："我不要看不见、听不到、走不动，不要失忆、不要忘记所有爱我的人！"更在偶尔回到17岁的智力时含着眼泪赶紧告诉我："妈妈，我不要上天堂，也不要下地狱，我要永远当您的女儿！"

1

2012年11月14日，希望这一天永远在我的人生里抹去，彻彻底底地消失……

那一天上午，微风徐徐，阳光灿烂，洒在润润巴掌大小的脸上显得格外充满希望、漂亮，仿佛再过几天的住院检查后就是人生新的开始，终于要出院了！感觉美好的未来正在跟我们这对相依17年的母女俩招手，我跟润润开始迫不及待地讨论中午该吃附近的哪家餐馆好，烧烤？牛排？火锅？……管他的，吃什么都好，只要等会儿看完报告后立刻离开这鬼地方就好。殊不知这场即将摧毁我们母女俩的风暴，正要席卷而来，而且毫不留情。

善良的王医生带着一如往常平静的表情进来了，我在润润面前用着理所当然开朗的简洁口吻："报告如何？"其实内心里做好所有不专业又万全的准备：最多就是脑膜炎吧？或者脑水肿？脑病变？……哎！反正最严重不过开刀、住院、休养、复健，生活还是会回到原点，医学这么发达，没有什么处理不了的难处，只是时间长短的问题而已，润润还是会回到校园，然后让同学看见治疗过后的她，然后她的未来会变得很有人缘、很受欢迎、很快乐、很幸福！……许多美好的画面开始在我的脑海里编织着。

但王医生却没有任何的回答，看着我的双眼欲言又止。最后干脆带着我去看我完全看不懂的核磁共振报告，在一堆的脑部片子里解释着该是黑色的地方全是白色，这是问题所在。

"那然后呢？"不是告诉我病名与解决方法就好了吗？我耐不住性子忍不住脱口而出。

王医生再次用平和温柔的口气欲言又止、止又欲言："嗯……这样好了，我写给你，你先上网了解一下，我现在到台大开会，跟所有医生讨论过后，下午再回来告诉你，先不要担心。"

这是什么话，为什么先不要担心？哪有这样的回答？有这么难回答吗？不是要出院了吗？为什么还要到台大？开会讨论什么？为什么要等到下午？我开始有不祥的预感。

"MLD异染性脑白质退化症"

白纸、黑字。留着几个看起来很陌生很不舒服的字迹，我已经有呼吸困难的感觉。

在等着电脑里出现这字眼的相关资料时，那瞬间就像一个世纪那么久，周围的宁静搭配着快速的心跳像是随时要爆发的火山，很疑惑、很漫长、很害怕、很紧张、想知道、想逃避……"算了，等下午王医生回来告诉我好了，他的表情那么平静温和，没事的。"

就在我准备要关机的那一瞬间，荧幕里的字，排山倒海而来！

"这……这……写些什么东西啊！这不是我存在的世界！怎么可能？"我内心开始嘶喊着。

"21世纪了，怎么还会有'绝症'这样尖酸刻薄的字眼？怎么会有'全世界没有药医'的事情？什么叫'从发病诊断确认起，接下来的3~5年，会面对的顺序是失去运动功能、走不动、失忆、失去说话的能力、看不到、无法吞咽、瘫痪、听不到、无意识、植物人……直到死亡'"我内心的火山持续地爆发着。

其他莫名其妙的专业用语、什么该死的第22对染色体，什么四万分之一到十六万分之一遗传的概率……我都看不下去，我的手开始不听使唤地发抖。

"拜托！只要告诉我解决办法就好，谁可以告诉我怎么医？谁可以告诉我接下来该怎么做？"——跳出来的资料重复着一样的讯息，我的心被撕裂、我的眼溢满泪、我的头地转天旋，我只想砸了电脑，但我还有一份希望：王医生还没回来！

"对！回来后一定翻盘，怎么可能这么夸张，一定弄错了，上帝不会这么对待我，我最常说的口头禅，就是'老天爷对我真好'，老天一定知道这个玩笑一点也不好笑！润润是我的唯一，也是全部，不会这样对我的。对！就是这样，不然他不需要跟其他医生一起做确诊。对！就是因为不可能。"我下定决心等他带回好消息。

等待的时间如坐针毡，面对准备好离开医院又失望地回病房等待的润润，我不知道该回答什么。从小到大，她只要看到我从厕所里红着眼出来，就会默默地递卫生纸给我擦泪，只是现在抽卫生纸、传递的动作显得缓慢，我突然联想到电脑里出现的可恶解释……润润一定知道有什么事是不能问的，她依然保持最近一年多来惯有的沉默，我又意识到"渐渐失去说话能力"的可恨字眼，我再度冲回厕所捂嘴狂哭，不敢让她听见。

"不会的，王医生不是还没回来吗？你怎么可以对润润这么没信心，怎么可以！"我不断地一边哭、一边努力深呼吸，恨极了自己的软弱无知。

在王医生回来前，我的家人们陆陆续续地到达病房等候着。有述说着润润是孙子里最好带最乖巧的外婆；还有距离第一胎21年，挺着9个月大肚即将再度临盆迎接生命喜悦的姐姐；以及从上午知道消息后，眼泪也掉得不比我少的大妹采蓉。大家都到齐了，润润只有在看见她们的那一刻，会像个孩子扯高嗓音、带着笑意地大声喊着："外婆！阿姨！阿咪！"（阿咪是她对我大姐的昵称），仿佛这是她说话字数的极限，接着就立刻回到只有在一旁带着微笑聆听、不多话也不插嘴的她。

是啊！我已经忘了有多久，那个活泼爱笑，喜欢跟家人聚在一起聊天的女孩，曾几何时变得文静，变得默默待在一旁看着家人自得其乐，一直以为那是吾家有女初长成的现象，如今回想起来，实在气自己的粗心……再猛然一回神：

"不是跟自己说好了一切都会翻盘吗？王医生还没回来，没事的，没事的。"

就像世界末日快来前一般地紧张，王医生走进病房了，我试着从他温和的表情里找到端倪，以便自己做好最佳的回应表情。是的，我也准备好了，我要比他平和冷静，等一下就可以反过来安慰他："没关系，总有判断失误的时候。"是的，我预备着。

他看着我，我们大家看着他，没说任何一句话。

"我们到外面说好了！"终于他打破寂静，采蓉马上跟着我追出来。

我坚定的眼神继续紧盯着他，不愿承认心中"完了"的想法。我不问，没错，我依然预备好了，事实要改变了。

"结果跟我上午跟你说的一样，应该就是这样了。"

我终于看见了他冷静的眼神里充满了心疼怜惜。

"没有！你什么也没说，上午，你什么都没跟我说，没有！"我斩钉截铁地、坚决地、面无表情地装傻，我妹妹采蓉哭了。

地球在瞬间凝结不动，我们三人之间没有任何对话，只听见采蓉继续哭泣的声音。

"我写在纸上的字，你有上网查吗？"透过我妹的哭声，他其实知道我查了。

我没有回答，继续看着他，默然、静静的，然后我妥协了，流下两行泪。

王医生松了口气，他确认我都明白了，可以直接跳过难以解释的过程直接来到结果："你别想太多，我们没见过孩子到这么大才发病，既然可以撑过这么多年，可能只退化到这里也说不定，接下来定期回来追踪，看她的退……"他还没说完就被我打断了。

"告诉我，你们看过几个这样的孩子？现在怎么样了？在哪里？还有几个活着？"我声音颤抖着，几乎快崩溃。

"……"王医生还没有回答，但我知道答案了。

"美国罗伦佐不是活到了30岁？'罗伦佐的油'对我女儿有效吗？骨髓移植呢？干细胞呢？我姐就要生了，有没有机会救我女儿？先告诉我接下来该怎么做，什么能吃？什么不能吃？她还没有严重癫痫，以后会痛到什么……"我还有很多问题，越问眼里的泪水越多、越哽咽，我努力冷静、压抑，这次换我被打断了。

"让她快乐，没有什么不能吃，也没有药可开。目前没有方法可医，现在只能持续观察，后期会开些较强的止痛药，骨髓移植会有很大的风险，医界反对是因为还没有真正成功的案例，反而容易引起感染而并发其他病症。"王医生越说越小声，仿佛深怕说到哪个字眼，我就崩溃了，我却面无表情地看着他，心里头就像一台故障的升降梯，飞速地往下掉，然后脑袋嗡嗡作响，木然地让他继续说着。

"'罗伦佐的油注'是治疗ALD，它只传男不传女，也只对有家族病史，在未发病就检验出来时有点帮助，对于已经发病的病人是没有帮助的。美国罗伦佐虽然活到30岁，是最久的案例，但也是一直呈现卧床状态，更何况你女儿是MLD，虽然发病过程很类似……"我听不到了，也不想听了，我的茫然双眼、僵硬表情、瘫软的身体，都让我听不见任何声音，我的心痛到快停了、快停了……

但我谢谢王医生，谢谢你那么诚实，对于病情没有模糊地带过。

"不怕！不怕！我的宝贝女儿，谢谢你陪我走过17年的岁月，妈妈很感谢你、很爱你。别的孩子都2岁发病，4~5岁就离开，而你已经丰富了我17年的岁月，有欢乐、有悲伤、有骄傲、有沮丧，这17年我很幸福，已经够了。不怕！妈妈

注 罗伦佐的油（Lorenzo's oil）是三油酸甘油脂（glycerol trioleate）与三芥子酸甘油脂（glycerol trierucate）的4：1比例的混合物，两种脂质分别是油酸（oleic acid）与芥子酸（erucic acid）的三酸甘油脂结合型。此混合物用在肾上腺脑白质失养症（adrenoleukodystrophy，ALD）的预防性治疗上。此脂质药剂是由意大利裔夫妇奥古斯都·欧东内（Augusto Odone）与米凯拉·欧东内（Michaela Odone）所合成。起因是他们的儿子罗伦佐·欧东内（Lorenzo Odone）于1984年被诊断患有ALD病症，时年五岁。奥古斯都·欧东内取得此油剂在美国的专利。专利权所得用来支付髓鞘再生研究计划（The Myelin Project），此计划目标在研究ALD与相似病症的治疗方法。

陪你走，我不会让你孤独，我一定陪着你，我的漂亮宝贝、我的爱，不管天堂地狱，我们都会永远在一起。"我出乎意料的平静，并且带着"不独自苟活"的坚定决心走回病房，开始想着"那一天的到来，我该怎么陪她离开，安眠药？跳楼？……"推开房门的那一刻，就像川剧变脸般，将心如死灰换成绕指柔地迎向一直等候我的润润。

"医生说什么？"

"怎么那么久？"

我没有任何回答给我的家人，我心想就让采蓉跟她们解释吧。

"妈妈，我饿了！"润润的反应很直接，但瞬间就听到像天籁般的声音，让我想大哭。

"宝贝女儿，走！想吃什么就吃什么，现在就立刻走！"我温柔地摸着她的头，想立刻逃开这里、逃开现实。

殊不知这样的情绪是暴风雨前的宁静。

回家后的几天，润润看电视时距离越来越近，正当我在心里头害怕地想着："不会吧……"润润马上就脱口而出："妈妈，我看不清楚。"

不要！千万不要！别这么快就看不见！求求你！我想冲口而出阻止，但我噙着泪水喊不出来。

按着医生约定的门诊时间，我们再度回到医院。

润润的视力在短短两个月内多了200度，现在已是600多度，我们得赶紧重新去配适当度数的眼镜。

我的漂亮宝贝，你知道吗？黑暗里看着你的手随着测试比上比下，妈妈心有多痛。从小，你最像我的地方就是拥有那对水汪汪的大眼睛，而过去无知的我，却在得知你必须戴眼镜时，数落着你如何不爱自己，可惜了漂亮双眼，甚至在你无法戴上隐形眼镜时，不断骂你笨、怎么也教不会。殊不知是因为生病，你才无法控制镜片，在碰到眼球的刹那，会不停地颤动，我怎能那样无情地骂你，黑暗中看着你，我好痛。

我的漂亮女儿，从小你的方向感就比别人强，不管开车还是逛街，你总会让大家笑我竟让孩子来带路，总会在我找不到方向时，指引我接下来该往哪里走。现在，你告诉我，我们该怎么办？该怎么走未来的路？看着你在黑暗中指出图形缺口，我好痛，谁能告诉我，该怎么补足你人生的缺口？

我的宝贝，润润，看不清楚没关系，眼镜再配就好；休学没关系，再找学校就好；没有朋友没关系，妈妈爱你就好，而且绝对会加倍加倍地爱你。

在等待她做心理衡鉴与智力测验的时间，我帮她顺道挂了身心科。医生建议我，该让她清楚知道关于这个病所有带来的对过去、现在、未来的影响；最重要的是让她知道发病的种种表现：抖脚、咬指甲、邋遢、迷路回不了家、尿失禁……都不是她的错，别因此放弃自己，那些都不是她的错！

我再也无法伪装了！我冲出来在人来人往的大厅里，肆意地放声大哭："那是我的错！是我的错！我对不起我女儿！是我疏忽了，如果早知道，我不会让她去台中住校，如果早知道，不会让她独自在国外留学，我可以加倍努力保护她、陪伴她！如果早知道，我不会老是拿润润的小时候来做比较，骂她变肮脏了、懒惰了、字难看了、胆小了、脚踏车买了不骑、钢琴买了不弹、骂她总不跟我说话搞叛逆、动作慢吞吞、走到哪都定格、骂她不断遗失手机、弄丢钱包、搞丢手表、骂她17岁了，连衣服都穿不好、骂她把漂亮的手指咬到见血见肉……天哪！惩罚我吧！原来这都是在退化，都是病情，都是我的错！根本不关她的事，是我的错，都是我的错，求您还我一个健康的女儿！"内心里无数的呐喊，我大声哭泣着，大厅里看傻眼的义工，她们的关怀只会更触动我想对自己千刀万剐的心，别理我，谁都别理我，我不是个好妈妈，我不值得安慰、同情，谁都别过来，让我尽情哭泣……

"妈妈！你怎么了？"润润做完智测把我拉回现实里面。

亲爱的润润，我的宝贝女儿，大约四年前开始，你对我的喊法从年轻人不耐烦的"妈"，到突然改成小朋友兴奋的叫法"妈妈"，我怎么没发现这是一种征兆？当时觉得那是你我之间撒娇的互动，之后你喊"妈妈！"越喊越大声，不管你在国内国外，不管相隔只有数小时还是数个月，电话那头总会先传来银铃般且带着笑意的叫声："妈妈！我好想你！"如今，话不多没关系，被笑幼稚恶心没关系，只要继续对我说："妈妈！我好想你"、"妈妈！我爱你！"这样就好，我又拥有了一个小女儿，一个170厘米高，亭亭玉立却单纯无比的女儿，这样就好，我很满足，千万别忘记我永远是最爱你的妈妈。

智力测验结果出来了，剩下62。医生用他的专业回推，估算出她原来智商应该120多，刚好少了一半，语言和音乐天分退化最少，数学、逻辑、记忆退化最多。

没关系！我的挚爱！以后你可以继续学你爱的英文，说不出来没关系，会听就好；背不出诗词没关系，喜欢唱歌就好；无法加减乘除没关系，能按计算机就好；逻辑不清没关系，妈妈懂你的意思就好，只要你快乐就好，快乐就好。

"妈妈！你……嗯……我不会说……算了，没事。"每当润润表达吃力时总会以"算了、没事"做结尾。

"没关系，慢慢来，慢慢说，妈妈听得懂，你想说什么？"她应该还在适应我的温柔转变。

"我……是不是……快死了？你……为什么……每天哭？"终于来到这残忍的一刻了。

我全身颤抖着，怎么办？我还没做好万全的准备，怎么办？我决定遵照王医生的做法告诉她，这一刻还是来了。

就像被关在密室的残暴野兽，只要轻点按钮就能猛虎出闸，放肆妄为地吞噬我们的心、喝我们的血，但我谨记医生的话："那不是她的错，要让她知道！"

我把iPad给了润润。几分钟后，她手握iPad，静静地满脸泪水抬头看我，我立刻冲上前紧紧地抱住她一起伤心一起哭泣……

我的宝贝，我很庆幸此时的你无法表达太多言语，但妈妈懂，懂你有多害怕。不怕不怕，妈妈在这，从今以后，我不会再让你孤单，我会一直在你身旁陪你欢笑，我们只过快乐的日子。

突然，她一连串地、没有间断地说出了一段话："妈妈！我不要失忆，我不要看不到你，我不要上天堂，也不要下地狱，我要永远当您的女儿。"

天哪！老天爷啊！为什么这样对待我们？我抱着她，心快被绞碎了。我做错了什么？润润做错了什么？她那么天真善良、她还没有谈过恋爱、她说她还有梦想，她想当英文老师也想当模特儿；她说她想让我在家休息，换她去上班；她想学开车当我的司机，让我奔波时可以在车上睡觉；将来她想生100个小孩，要有3个班级那么多，这样才不会寂寞孤单。她想要的想做的还有很多很多，天哪！放过她吧！

"女儿！不哭，看着妈妈的眼睛听我说，过去是妈妈误会你、错怪你了，妈妈跟你说对不起！真的对不起！都是这该死的MLD作怪，是我跟你没见过面的亲生父亲，把不对的第22对染色体遗传给你，不是你的错！是我们的错，你很棒，你一直都很棒，妈妈以你为荣！我们要加油！没事的，不要怕！你不会上天堂也不会下地狱，我们会永远在一起！"我再度把她拥在怀里，陪着一起痛哭。

不知道是幸还是不幸，润润大部分的时间里是回到那个天真的小孩，用着无法通畅的言语回答亲友："我得的是……异……染性……脑……白质……退化症。"

接下来的几天，我过着人间炼狱般的生活。

每天，我带着极红肿的双眼去上班，除了live节目让我暂时忘记痛苦恐惧，其他时间我无时无刻不在哭。没人敢问我发生了什么事，化妆师造型到一半，得停下来面对我突然泪崩，耐心等我擦干眼泪继续重新化妆；制作人看我边对资料边用面纸纸尖吸干泪水，没人敢跟我开玩笑；只要镜头不在我身上，每进一次商品特写，我就又眼眶泛红地不断深呼吸、擤鼻涕；没人敢给我压力。我以为假装坚强久了，就自然变坚强了，但现场导演助手喊完5、4、3、2后的强颜欢笑，造就我更大的痛苦……

每天下节目后，我把自己锁在车上、停在路边，尖叫、狂哭、捶打自己。

宝贝女儿，我是多么的自责，我是多么的坏，这四年你是怎么熬过来的？你怎么可以从小到大都这么疼妈妈、保护妈妈？你不该原谅我的，我才是真的该死的人！

记得吗？你2岁时，我牵着你的小手走在路上，你总跟我交换位置，用你"臭奶呆"的口音说："妈妈走里面，外面车子多，你不要被车撞到。"如今我却常骂你走路像老牛拖车，一点年轻人的活力都没有。6岁时，每天上学前，你用注音写字条给爬不起来的我，然后自己乖乖地到楼下等娃娃车接你。

每天我重复听着楼下管理员夸你多么贴心懂事，听早餐店老板娘说你如何节省只吃蛋饼；如今我却常骂你那么脏，连擦桌子都不会擦，抹布都拧不干。

　　幼儿园时你总是学校里的焦点，无论唱歌跳舞讲故事，你都是主角，老师个个爱你，连小男生都为你争风吃醋；而现在，我却总骂你讲话让人听不懂，表达能力那么差，字都粘在一起。

　　小一时，第一次参加作文比赛就得奖，没教过的字你都会写；现在却常数落你的字越写越小、像蚂蚁爬的一样。不管哪个长辈带你去便利店，你永远坚持妈妈交代你的，一次只能买一样；现在我却为了遗失手机、手表……这些身外之物，骂你不断浪费我的钱。

　　我应该早点发现的！这么严重的病，我怎么会轻忽你的改变？都是我的错，我不配当你的妈妈，但求你不要生病，让我继续当不配的妈妈，可以不要原谅我，但请别离开我，今后的每分每秒，我会珍惜你的所有不完美，原来幸福可以这么简单，不完美很好，只要你健康就好，不完美很好，只要你快乐就好。

　　每每想到这里，我只能任凭自己在小小的空间里，发泄、崩溃、嘶吼、狂哭……因为开了车门后，我就是俞娴，那个不擅分享心事只会工作、业绩长虹的俞娴；那个单身贵族，人人羡慕，小孩出国念书、经常自助旅游的俞娴；那个一回到家面对女儿得装坚强、内心淌血的俞娴。

　　直到有一天半夜……

润润小时候可爱的模样

润润很喜欢笑，小时候常常笑得东倒西歪，逗得身旁的人也乐开怀。

小时候的润润很活泼好动，
喜欢拍照，pose很多……

太好了

♡

小卡片
(不看我會傷心喔!)

贴心的润润写给妈妈的卡片，每年无论是母亲节、我生日，从不会忘记书写给我一张亲手写、亲笔画的卡片，总让我感动不已。

2

直到有一天半夜……

急促的门铃声响了,我的同事,也是造就这本书诞生的重要贵人,倩仪跟雅惠来了,从台北飙到杨梅,明早她们还得上班,我不得不开门。

"娴姐,我们实在太担心了,到底发生什么事,我们看不下去了,这几天没人敢跟你说话,你憔悴又暴瘦,哭到我们都害怕了,你向来沉稳,什么也不说,但现在如果你有困难,不要躲起来自己承受,说出来也许大家可以一起想办法啊!"倩仪跟雅惠努力表达着大家的担忧,努力引导我说出心里的话。

我不是不说,怕是又要再次崩溃,而被熟睡的润润听见,我沉默了许久,深深地吸了一口气后,努力地、平静地缓缓道出……

结果是我们三人抱在一起哭。

"娴姐,说出来吧!如果没有药医,靠念力!你在FB上写出来吧!让所有同事、朋友一起加油打气,集气是很重要的,润润能坚强地撑到现在,已经是奇迹了!如果有更多人的坚强意念,上天会听见的,奇迹会继续发生的。"她们红着双眼,带着哽咽的声音不断地劝说着。

是啊！我跟她们共事三年多了，每天梳妆时，是我们彼此聊着儿女成长最快乐的时间，我听着她们的小孩如何在两代之间经历家庭战争才能顺利地上幼儿园，她们又如何在小孩幼儿园毕业典礼上哭着迎接孩子进入小学的新里程碑，我频频点头回应，因为自己也曾走过那样的岁月。而她们也总是陪着我边梳妆边紧盯着iPad里的Skype，盼望着润润随时能从美国打来视讯，让我一解相思之情，日子久了，她们也每天问起润润有联络吗，似乎她已成为大家的家人了。

"我现在没办法也没有勇气说出来，我甚至不想让人知道，大家都晓得润润出国念书了，说出来后，叫她怎么面对未来的日子，让我再考虑考虑吧！但是有一点是肯定的，我不会倒下，我会尽一切努力救她，就算倾家荡产我也愿意，因为没有她，我就一无所有了，相信我，我会坚强。其实心里很清楚，润润只是借口，分明是自己脆弱，不知如何面对。

送走她们后，我思索着该如何为润润打好这场战役，如果最后还是输了，我该如何让她在有记忆时，让她知道她的一生是无憾的、快乐的、是多么充满爱的人生。对！我要站起来，别害怕，只有我挺住，润润才能得到真正的快乐，最好的最坏的状况我都该做万全的准备。

从这一夜开始，我再没有好好睡过，生怕浪费光阴错失该为她所做的任何事情。

我永远记得，润润幼儿园中班时的某一天，她告诉我周日中午跟同学们约好一起到公园玩，而且由她来准备点心请客。当时觉得无稽又好笑，一个5岁的孩子懂什么聚餐约定请客，我要她跟同学做确认再说。

没想到隔天她义正辞严地拜托我，一定要用她的零用钱买吃的跟糖果，认真地喊着："真的真的约好了，他们一定会来。看着她恳挚的双眼，我选择相信她，车车（当时是采蓉的男友，现在已是我的妹夫）帮她准备了很多孩子郊游必备的蛋糕、点心、饮料。

约定的前一晚，她开心到睡不着。谁知当天中午却没有一个孩子来，我看着她东张西望，最后带着泪水难过地问我："为什么大家都不守约定？"我很骄傲地告诉她，因为那些孩子的妈妈都不相信孩子的话，都觉得你们的年纪太小，一定只是随便说说。但妈妈相信你，因为你是那么善良大方，那么重视朋友，你做得很好，明天再把蛋糕送给同学就是了。"

她终于破涕为笑，伸出小小的手拉着我回家了。

幼儿园毕业典礼的那天，我的家人、妈妈、妹妹们、车车，带着鲜花、相机，全部出席了，就是要让润润知道：虽然没有爸爸，但是我们都爱你，因为你打从出生就那么地乖巧听话、贴心懂事，我们真的好爱好爱你。我红着双眼，看着舞台上所有穿毕业服的小朋友里，站在最中间穿着唯一跟别人不一样的白色小礼服的润润，像个小天使般地带领大家唱歌、跳舞，最后在众多小朋友围绕下做节目的结束。我才知道原来我的女儿是那么出众，那么与众不同！

但是怎么会？怎么会老天现在要用如此残酷的方式与别人做区别？

那时的她特别爱听我唱民歌，只要我唱一遍她就学会了。每次我骄傲地要她唱歌给大家听，她可以从《兰花草》、《捉泥鳅》、《外婆的澎湖湾》一路唱到《恰似你的温柔》、《龙的传人》。记性之好总让大家啧啧称奇，我也总让朋友笑说："帮帮忙好不好！你竟然教80年代的孩子唱50年代的歌。"

润润幼儿园毕业典礼

亲爱的润润，你还记得吗？你最爱找妈妈一起唱《娃娃的故事》，你每次唱每次哭，你总说长大后绝不要学那个娃娃离开妈妈。

"有一个娃娃咿呀咿咿呀，学妈妈说话呀

鸟儿它要飞唧喳唧唧喳，喊着离开家呀

门前的老树舍不得呀，窗前的小花舍不得呀

亲爱的妈妈舍不得呀，泪珠儿已经流下

门前的老树我想它呀，窗前的小花我想它呀

亲爱的妈妈我想她呀，把笑容献给妈妈"

我的宝贝女儿，答应我，说话要算话呀！

我下定决心：不准，就是不准！人定胜天，我要抢回我的孩子，如果这是我的功课，我愿意乖乖就范，但天父您应该指引我一个方向。

两天后，在遍寻不到任何信息下，我妥协了，也许上帝要我知道，雅惠、倩仪的建议是对的，我不是万能的，我需要鼓起勇气发出求救信号，我要在网上写出来。

可是，当初要不是公司要求，其实我有千百个不愿意申请网上账号，我根本不知道该如何分享我的喜怒哀乐。从小我就被迫独立惯了，日子再困顿都一路撑过来了，现在看着家人各有所依，而我也成为大家眼中那个衣食无缺、除了工作就是旅游、购物的俞娴。我的网上一直以来都尽是些为了给长官交代、花开花谢咖啡香的无聊图片，我实在不明白为什么我到哪里都要打卡，我伤心开心为什么要让人知道？每天电视转来转去看着自己口沫横飞的努力推荐，工作压力都已经够大了，我需要隐私！为什么还要让大家了解我的心情？分享我的生活？

但现在我明白了，人是不能离群独居的，想做到独善其身是那么地难。

朋友，在人生的课业里占着举足轻重的地位。

我终于写出来了，也把病名写出来了。我拜托大家不要把祝福给我，只要给我女儿就好，因为觉得自己甚少出现在"按赞"的行列里，现在才有求于人，未免过于现实，但为了让上帝听见，为了奇迹出现，所有恳求的字眼我都愿意写。

想不到从那天起，大家的集气与帮助，让网络成为我唯一的精神寄托。

排山倒海的加油、祝福送来了，有朋友、有同事、有厂商、更有许多我不认识的忠实消费者，"谢谢"是我唯一能回应的字。这一行没有秘密，很快地全公司上下都知道了，那几日很多同事厂商看见我，话没说出口，就陪着我一起哭。包括大家熟悉的购物专家，家轩的伤心、东琳妈的拥抱、禹安逼着我进食、玉菲与姿谊话没说出口，就一股脑儿地哭……太多太多的人需要感谢；小马曾帮我写过请求美国师生照顾的英文书信，但没想到从ADHD（Attention deficit hyperactivity disorder注意力不足过动症）变成大家前所未知的MLD（异染性脑白质退化症），她最难过。

我哭着拜托我的直属领导减少我的节目，我想在润润还记得我、听得见、看得到、走得动、吃得下的时间里多陪陪她，用满满的爱补偿她，补偿过去只想到拼命赚钱栽培她、却忽略更需要陪伴她成长的过错。当然，我也从班表上感受到公司全力配合的情义，谁说购物台市侩、现实、勾心斗角？我感受到的温暖无以为报。我把所有的集气透过大家制作的海报送给润润，这是能为她做的第一件事。

就跟我的心情转变一样，从加油打气到大家开始收集信息，有很多中西医权威的医生、有国外的干细胞基因研究中心、有鼓励教会集会的建议、当然也有祭祀问事的方法。还有些实质的行动让我感动涕零，化妆师芮真为润润吃素、模特儿昆棣带着全家人来探望、有人为我们祷告、也有人为润润诵经、更有观众为她跪拜求平安符。这些我都一一铭记于心。

同时间，我也会透过FB告诉大家润润的近况，走路虽然很慢但她每天努力散步，写字虽然粘在一起但她依然努力练习，因为你们所有的爱，她有坚强的意志。

接下来的日子，我几乎没有真正睡着过，进入疯狂忙碌的状态。每天除了开会、上节目、照顾润润，还要整合所有资源找寻治疗的方法，我先整理好所有润润的检验报告、核磁共振的片子，并且复制了好几份，然后一一寄给大家介绍的权威医生。我开始回忆这四年来的病程，详细地写下来以备任何医生的需要，同时也接触了解所谓的能量疗法、自然疗法、食物疗法、民俗疗法，只要有任何信息我都不敢错过，任何方法我都愿意尝试，心想也许奇迹就出现了。润润的体力有限，我尽量自己去跟这些所谓的大师、专家请教，当然有时还是得带着她东奔西跑，每每重新叙述病情总不免在我们母女俩心口上再划上一刀。

答案慢慢出现了，西医大多回复没有办法；中医大多想自我挑战看看，因为实在没见过这种疾病。但我们没办法让他们挑战，没办法慢慢等待效果，我得争取时间在所有MLD孩童大都半年内瘫痪失去意识的案例之前找到方法。

心，随着未来找不到方向降到了谷底。但我依然带着僵尸般憔悴的面容努力坚强奋斗着。

这一天来到公司，每个部门同仁看见我，无不以关心的眼神跟我打招呼，稍微熟悉一点的会轻轻喊声"加油"，常密切合作的同事会给个紧紧的拥抱，跟我麻吉的东琳妈迎面走来就张开温暖的臂膀，用她一贯拉长尾音的说话方式抱住我："俞娴，你为公司付出这么多是值得的，别在自责中过日子，上帝爱你，我们都爱你，你看！"随即打开电脑，一封来自王令麟总裁致全体同仁的信，内容大致上是这样子的：

"亲爱的全体同仁，写这封信是因为我们的家人——俞娴的女儿生病了……尽管目前医界束手无策，但我们同心合意一起祷告上帝，相信有恩典、有慈爱的神，必定亲自眷顾俞娴和润润。现在就让我们一起用祷告、关心来支持我们的家人：

亲爱的天父，

我们将我们的家人俞娴和女儿润润，带到你面前，求主赐下信心和恩典在俞娴生命中，赐下平安和超自然的医治在润润的身上。

奉耶稣基督的名我们宣告：耶稣是俞娴和润润的救主，主的恩典够用，断没有任何疾病、患难，可以叫神的爱与俞娴母女隔绝。

求主用它的宝血洁净遮盖这个家，设立十字架站在她们和疾病中间。求主圣灵浇灌天父的爱，保护俞娴母女，用恩典成为盾牌在四围护卫她们，医治她们的身体和灵魂，将永恒放在她们心里，祝福俞娴在患难中仍有喜乐，因着永生的盼望，心里的力量刚强起来。祝福俞娴每天心里有平安、工作有力量；日子如何，力量如何，得胜有余。

奉耶稣基督的名祷告 阿门！"

终于，这些日子来以忙碌代替无助的情绪立刻瓦解，再也无法强忍泪水奔进厕所里痛哭……我，何德何能，怎能如此让所有人为我们母女祈求，让众人为我们担忧。

王总裁一直是我的偶像，尽管外界对他评价不一，但他是位极重情重义的铁汉，虽然公司曾遭受过困境，但凭他坚强的决心与毅力，他依然收复江山，再造购物台风云，就像一时无以为继的父亲将儿女寄托在外，他终究实践承诺让家人团聚。

我收拾起泪水，重新整理好自己，回复总裁我至深的感谢，并且承诺从今天开始，我会好好吃、好好睡、努力照顾好自己、陪我女儿奋战到底。唯独对上帝，我无法感谢并且埋怨，圣经上说，每一次经历困难就是经历上帝的机会，但我为什么要这个机会？我根本不要！针对这个问题，总裁并没有正面回复我，但我却接收到答案。

两天后，网上经常传来共同的讯息——马偕医院林达雄医生。

在网络上可以找到一篇2011年8月12日刊登的新闻："神经退化性疾病的基因治疗有了新突破！"这篇新闻中可以看到，马偕医院小儿遗传科主任林达雄医生发表了基因治疗脑白质退化症的动物实验研究结果。这个结果可以解决全世界医界无药可医MLD的困境，也刊登于国际著名期刊《分子遗传与代谢》（*Molecular Genetics and Metabolism*），并且获选为八月的封面故事。

林达雄医生表示，基因治疗神经退化性疾病的最大障碍，就是很难在神经系统内达到全面性的治疗效果，但在这次的研究当中，林达雄领导的研究团队突破了这个障碍，成功地将治疗基因送达神经系统的各个部位，从前脑到脊髓末梢都表现出植入的正常基因及蛋白。运用"腺病毒相关病毒"，如货车般将正常基因送达中枢神经细胞，细胞就会自行运作，以正常基因取代"脑白质退化症"异常基因，防止发病。

医生解释，过去研究，正常基因都只能被带到邻近位置。举例来说，若从台北出发，正常基因可能只从台北被分送到新竹等地，而新方法让正常基因可以被运送到更远地方，如高雄、屏东等，将会是未来治疗的新契机。

所有冗长的、专业的术语我都看不懂，我只看懂最后一句话："将会是未来治疗的新契机。"当下我毫不考虑，立刻搜寻挂号，希望门诊日期立刻来到。

我又再度燃起希望，虽然这阵子总是不断从希望到失

望，心情总是不断从沸点到冰点，但我并没有绝望，不到最
后一刻，我决不放弃。

第一次搜寻到这么明确的字眼，我像是回到17年前生下
润润那一刻起一样充满期待，期待新的人生就要展开。我终
于有了生活的目标，我即将为她也为自己而活，我不再埋怨
我只是赚钱养家的机器，我要建造一个只有两个成员却温暖
无比的家。看着怀里的小宝宝，唱歌哄她睡、扶她学走路、
教她说"妈妈"……随时随地会有太多太多的期待，期待她
快快平安长大、有份快乐稳定的工作、有个呵护她的男人、
然后看着我的宝贝女儿穿着美丽婚纱，一生幸福相伴。

护士的叫唤声让我回到了林医生的诊所门口，我牵着润
润的手并催促着走路已经很慢的她再走快一点，仿佛进入林
医生门诊后就会痊愈地走出来似的。

林医生，润润生命中的重要贵人，也是我见过最温暖
的医生。他仔仔细细把润润的所有检验报告看了一遍，并且
输入电脑中。最让我感动的是，我辛苦回忆并写下病程的笔
记终于派上用场，他耐着性子听我述说完这四年来润润的转
变，课业如何从名列前茅到一落千丈，从干净优雅到脏乱不
堪，从贴心懂事到毫无感动……

"从转变的过程中，的确很容易误判为ADHD。从报告上看，也极为像是MLD。为了慎重起见，我必须再做一次检验来确诊，我们先做抽血及切片，报告约一周出来……"林医生不疾不徐地说着，我却无法等待。

"如果确诊呢？真的没有医疗方式吗？我看到你在老鼠身上实验成功的新闻，不是吗？"我继续追问着。

他也耐心回答着："全世界目前有法国、意大利、美国进入MLD基因治疗的人体实验阶段。虽然还未正式公布成果，但已有基因治疗实验后，追踪一年及两年的报告，的确也见到效果，你在国外网站上也可以看到。但这3个国家现在都没有再接收MLD人体实验的病患，就算要收，也有条件限制，而台湾不是不能做基因治疗，而是人力、时间、经费都是问题。小老鼠的脑袋就一个指节这么大，但你的女儿已经170厘米高，要注射到脑部及全身的用量相当多，这需要一段很长的时间。"

"那骨髓移植呢？干细胞治疗呢？为什么我们不能喝'罗伦佐的油'？"同样的问题换个医生，我又再问一次，多么期待听到不一样的答案。

多么讽刺！在润润面临生死之际，我的姐姐跟小学姐妹淘嘉玲都即将临盆，她们都四十几岁，也都热心地想提供脐带血配对救命，而无知的我却还埋怨自己连个对象也没有，就算想生个孩子救孩子也没办法。

后来随着时间的拉长与医生的互动，慢慢我也有点专业了。即使林医生已跟我讲过一百遍了，我还是会像第一次门诊时一样地追问他，仿佛每天都期待听到新药的产生或医疗新技术的发明。

原来干细胞治疗与骨髓移植大部分是针对血液性的问题或是局部器官所产生的疾病，例如血癌。骨髓移植不只要配对，还得先破坏殆尽自体免疫能力，破坏完了再重建。生命存活的风险实在太高，用在脑白质退化症的孩子身上，国际上已证实效果不大；自体干细胞治疗是将病人自己的体细胞拿到体外培养干细胞再送回去，对于MLD患者，由于自己已经没有健康的基因了，即使培养自体干细胞，也无法在体内制造酶素，最好的方式是先进行中枢神经基因治疗，后期再搭配干细胞体外基因治疗。

不管ALD、MLD，都是在出生后，脑部就缺少了某种酵素酶，无法制造出神经髓鞘。这时的神经系统就像电线没有包裹，会乱放电，无法传递神经讯息，导致癫痫、运动及认知退化。只是这2个疾病的基因不同，缺少的酵素跟无法代谢的元素都不同，治疗ALD的"罗伦佐的油"当然无法用在MLD的润润身上。

"遗传？为什么？我们家族没有病史，就算隔代遗传、近亲结婚都没有，怎么会有什么隐性遗传基因？如果我遗传给她，我怎么不会发病？既然别的孩子几乎两岁左右发病，为什么独独只有她到十二岁左右才发病？而且，她的征象都明显被指出是注意力不足，会不会这次又是误诊？会不会基因治疗在润润身上可以看到更快速的成果？"我完全没法接受遗传这个论点。

如果中乐透也像得到MLD的概率那么低，然后我们也中了乐透的话，我想我们应该已经是世界上排名前面的首富之一吧。有多低？四万分之一到十六万分之一！台湾有二三百名小脑萎缩症、黏多醣症的罕病需要关怀，有二十多个更罕见的AADC（脑部神经传道物质失调）孩子要救治，有十几位像过去新闻中张家三兄弟的ALD（肾上腺脑白质失养症）孩子家属互助关怀，而我们只有三位。也许还有很多位未通报、未确诊、未医治就等不及先走的孩子，但目前我们所知道的，包含润润只有三位。

世界上几亿的人口，茫茫人海中，也许有很多人基因都有一点变异点。要遇到跟自己一样，在第22对染色体上的其中一条有变异的已经够难了，而这对男女偏偏还要凑在一起送给下一代，还有75%的概率不会给到有问题的那一条，但偏偏润润就是那25%概率的人。我跟他，都把有问题的那一条染色体送给润润了。

MLD发病又分幼年期、青年期、成年期，国内外能搜寻到的都是幼年期。我该庆幸还是该哭泣？如果幼年的润润发病，当时还没有基因治疗，现在她早就不在我身边了，就不会跟我拥有那么多美好岁月与记忆。但青年期的润润发病，一路走过那么多的美好与坎坷，现在医疗已经进入到基因治疗，即使是实验阶段，总还有机会健康地活下去。但未来人生的道路，究竟还要接受怎样的试验，上帝究竟还要给我们俩多少功课，我完全不得而知。

我还能说什么？后来家人从我的母亲到孙子辈三代全切片检查了，在第22对上，也带有一条问题染色体的妹妹采蓉，遇到了完全健康的妹夫，不用担心，生一打孩子也不怕。但他们的儿子，我的外甥小黑皮，也带有其中一条，将来另一半在怀孕前就得先验第22对染色体。如果这么凑巧有问题，就别赌那25%会"中奖"的概率，别生就对了。

"那究竟人体实验的基因治疗要等到什么时候？"我依然锲而不舍地要答案。

我想，要当林医生这样的医生，别说这辈子了，按照佛教的说法，恐怕我修炼十辈子也做不到。换成是我，我应该会骂出来"耳聋了吗？要说几百次，你女儿这么大了，需要人力、物力、经费、时间，我怎么会知道要多久？搞清楚，这是罕病！罕病，就是没人要研究要治疗的病，更何况前面还有几位孩子在等待，别再问了……"这样类似的话吧。

虽然听不到我要的"可以痊愈"的答案，但他说出了快让我哭出来的最重要一段话："目前还有一种治疗方式可以控制退化，但不见得可以用在你女儿身上。这种方法只有三分之一的基因形态可以治疗，要等切片结果出来才知道。如果符合了可治疗的基因，那么每个月都需要回来住院一周到十天不等。用注射的方式，制造酵素控制退化，但缺点是长久下来可能会伤及肾脏与听力，所以只能治疗一周到十天。当然，我们会随时抽血检查，一切以不伤害肾脏、听力为主。不过还是要强调，这都是缓兵之计，一旦出院后，还是会慢慢退回去。但医疗在进步，只要能控制，就有机会等到基因治疗。"我几乎想对他说出100个、1000个拜托。还有什么好求的？这是目前为止唯一找到方法的方法，只要不退化就有希望，这不是我们最迫切需要的吗？

林医生完全站在父母的角度为孩子着想，他的爱心让我已经确定不必再千寻百转地四处求医。我，可以放心把润润交给他。只是还有一个关卡：林医生提到了"三分之一的可控制基因形态"，也就是还有三分之二的孩子无法接受控制治疗。

"培养自体细胞与载体制造需要时间，你先放宽心，等一周后切片结果出来，我们再研究找出下一步医疗方案。"林医生的温和，总会稳定我们不安的情绪。

那天我们占用了他近一小时的门诊时间。他用尽所有详细专业的解说，努力地让我们对未来充满希望，不要放弃。

出了门诊，看到了等候的病患个个面有难色，口中念念有词。

是啊！如果只是看感冒，这一个钟头不知可以看过多少的病人。哪个医院能容忍这样不会赚钱的医生？哪个医生愿意投入这吃力不讨好的研究？虽然医者父母心，但他们也得顾到自己与家人的温饱才行。如今台湾还有几位致力于罕病研究的医生与团队，默默地为这些遗落的天使奋斗着，但每个医生致力研究的罕病不同，我应该感谢我能处在人脉资源丰富的企业，让我能迅速地的找到医疗方向。

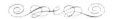

一周后，切片结果依然没有改变这如野兽般恶毒的事实，但我终于难得听到坏消息里的好消息："润润的基因形态可以接受控制治疗"。我毫不犹豫签下所有其他检验与治疗的同意书，跟林医生的对话马上进入下一个关键主题。

"费用呢？需要庞大的医疗费用吧？你预计什么时候到达人体实验？我可以先准备。"我预备好卖房、卖车、卖珠宝的打算。

"临床实验要向政府申请，现在还在动物实验阶段，我们不可以跟家属收取任何费用，我们一边研究也一边申请拨款，都同时在进行。目前的治疗，家属要负担就是住院及健保部分给付。"林医生依然秉持一贯温柔的语调说着，我也顿时放下心中一块大石。

后来才知道，他未全盘说出真正的事实：根本没办法跟政府申请到经费来研究。动物实验就分好几期了，人体实验也分成四期，还未做到最后的猪等动物实验，距离跟卫生署申请人体实验还有很长一段时间。光猪的用药量与制造就要占据300万元与9个月左右的时间，更何况是人的用药制造？一个孩子就要几千万，那么庞大的金额，怎么可能申请到经费？难怪只有美国、法国、意大利投入基因治疗实验，这不是我愿意卖房卖车就能做得到的事。

　　几个月之后，知道台湾的基因治疗几乎是不可能的任务，我有些怒气，但之后才明白，当时林医生不说，是不忍这些孩子离开，不想这些家长放弃。台湾资源不够，虽然在基因治疗上还有漫漫长路，但诚如林医生所说，"只要活着，就有希望"。没错，当时如果不是他给我们希望，恐怕这些家长一听到天文数字与漫长时间，就可能最后把孩子送到安养院静静地躺着。

　　"你不用担心，目前每个月接受治疗的孩子都控制得还不错，他们都治疗1～2年以上了，不只没再退化，甚至都从四肢僵硬转为柔软……"林医生的耐心远远超乎我的想象。

　　但当时我的心早已痛到四分五裂，什么？都已经治疗这么久了，加上ALD的孩子有2位，前面还有4位孩子在等，那润润要等到什么时候？可是我必须开始接受这样的安排，而且也只能接受。只要控制着就有希望，我需要这个希望让我坚持奋战到底，谁知道明天一觉醒来，会不会就有好消息呢？更何况这几个孩子都过了预估的生命时限，爱的力量不可限量。更不用说还有一位默默付出的伟大医生，不怕业界的冷眼旁观与耻笑，在努力奋斗着。

　　从此，我跟另外四位MLD与ALD的家长一样，每每见到林医生就像要对他生吞活剥："到底什么时候可以做基因治疗？"而林医生也周而复始耐心地解释、微笑以对："在尽力了，我会尽快，毕竟孩子不是小老鼠，没办法只需要一点药量……我会尽力加快速度。"答案总把我逼得心急如焚，有好几次我忍不住提出愿意自行筹措经费，只要尽快做基因治疗就好，但林医生总秉公处理，以他惯有的从容来面对一切。

其实，我明白他比谁都着急。当初那四位小朋友找到林医生时，都已经是卧床状态。他们大都在2岁到7岁发病，如今经过两三年的控制，他们依然努力撑着等待一份希望。即使看不到、听不到，但这些家长还是那么不遗余力地用心照

绑鞋带对润润来说已经
太困难了……

顾着。每一位孩子都是看似那么健康、那么甜美地熟睡着，任凭谁也看不出他们正在跟生命拔河，正在等待政府与各界的支援。

润润是状况最好的孩子，尽管表达不多，但她还能说；尽管动作缓慢，但她还能走；尽管吞咽困难，但她还能吃。尽管有那么多的尽管，但她还能看能听能哭能笑，她还能叫我妈妈，她还没忘记我！如果连她都倒下去，那么叫林医生及他的团队情何以堪？研究已到最后阶段，意大利已经发表了MLD孩子在治疗后的追踪。也许我们也可以成功！林医生怎么会不急呢？于是我选择保持沉默，只接受他的安排、信任他的团队、安静地等待奇迹。

2012年12月，我们就要开始第一个月的住院治疗。

我开始计划着，我能为润润做些什么。是的，我必须努力，无论这场长期战役是输是赢，我要她每天都快乐，每天都充满爱。我必须尽我所能向四方求援，给她一切力量向病魔奋战。

我开始筹备在医院病房里，为她举办的第一场同乐会。润润最后这3个月念的台中常春藤学校，也发动了所有师生，一人一卡片地祝福，给她加油打气。

3

2012年12月1日，住院第一天

投药是在点滴里，早晚各一次，每个孩子剂量不同，浓度也不同，每次约注射一个半小时。因为要不断地排尿，才能避免因药物形成的身体肿胀或肾脏负担，所以住院期间24小时都得吊着点滴跟不定时地抽血检查。

投药注射3小时后，奇迹发生了，润润迅速地下床了，这个举动让我与照顾她的阿姨看傻眼了。

阿姨很疼爱润润，自润润六月从美国放暑假回来，照顾到现在已经有十个月的时间，这期间她看着润润的一举一动，越来越像是特技演员，一切以慢动作来进行，她跟我们生活在一起，看在眼底最是了解。有时看我耐不住性子对润润又吼又骂，她也会很难过。尤其最心疼后来的一个多月，她的退化就像兵败如山倒的惊人，我们才有机会彻底地检查出这可怕的罕病。

不止迅速下床，润润竟然意识到自己生理期快要到了，主动要去厕所先做好准备，我们一时还反应不过来，因为我们早已习惯她看到裤子脏了才发现生理期来了，她也习惯我固定每月到了这时候都会对她大骂一顿。阿姨依照这几个月的经验马上跟到厕所去看，知道她连卫生棉这种小事也贴不好，总会几小时后就会很难堪，但奇迹持续发生，她做得很好，裤子拉链拉得很顺很快，阿姨不需因为看不下去而帮她，再度要回到床上前，润润告诉我说："妈妈，你早点睡，不要太累。"

My God！我有没有听错？我跟阿姨欣喜若狂，她说话变快了，关心我了，讲得好顺，10个字，没有断掉！从她自美国回来后，就不太有表情与情感表达，我好想立刻打电话给林医生，如果林医生这时在的话，我可能会抱着他尖叫，我快哭了，谢谢，真的谢谢，非常谢谢。

护士特别来交代，半夜辛苦点，她会一直想起来尿尿。连续两晚的深夜，在她起来上厕所的五六次里，都有一次来不及，第一晚刚下床，第二晚快走到厕所门口，她的感觉神经还没有恢复正常，但第三晚开始一直到现在，她再也没有发生过。她可以像正常人感觉到、意识到、控制好，她做到了！

不过这件事我没告诉林医生，我答应润润，除非她同意，不然谁也不说，因为失禁尿裤子，不只造成她一辈子的痛与抹不去的阴影，也让她信心大受打击。

润润在住院前最后一次尿裤子是在学校宿舍里，也是因为这事情才离开学校去看医生^注，没想到从此就再也没回学校

注 润润第一次尿裤子，是还在学校念书的时候，那时还不知道原来润润是患了MLD，还在吃ADHD的药，错误治疗。

念书了。每天早上室友为了催她动作快，已经够不耐烦了。她的卫生习惯、环境打扫、忘东忘西都让室友抱怨不已，甚至室友的家长也不断抗议，要学校帮孩子换房间。他们都觉得孩子是去求学的，不是去浪费时间，帮忙照料别人的小孩。但润润知道自己的不足，即使动作慢，对于从四楼宿舍到一楼教师办公室的所有跑腿工作，她都愿意做，只有这样才能换取一些友谊，就像回到初二、初三那两年一样。差别在这些室友是女生，也知道她必须每天吃高剂量的ADHD药，所以比起来，虽然没人搭理她，但也不至于欺负她。

那天起床后，还在宿舍里她就失禁了，最糟糕的是她杵在原地不会处理，最后连隔壁房宿舍的学生都来帮忙，这件事以后更让人不敢靠近她。请假住院检查时，她不断地说再也不回学校了，虽然她哭不出来，话也不多，但不代表她内心深处没有体会，她对新生活的期待、她对拥有朋友的期许，从台湾地区到美国，从美国到台湾地区，遥遥无期……我再也不问她在美国的生活，说不出来也好，没人理你也好，所有不开心都不想最好，只要平安回来就好，我们只管往前走就好。

我的女儿，我多么心疼，初中两年的梦魇，让她再也不愿意进一般学校，美式教育的尊重让她觉得可以呼吸可以喘气，她总告诉我，在美国那一年，虽然一样没人理她，但她过得很平静。本来以为身体好多了，可以回来了，我让她一样选择全美式英语学校，只要她健康就好，没想到她一样承受沉重的压力。身为母亲的我深深感受到她的痛、她的苦，最苦的是她掌控不了自己的一切行为，也表达不出来。

如今她让我写出来，是因为几个月治疗下来，她的进步她自己感受到了，也自我控制住了，她也不止一次地对我说，她对自己有信心，一定会好起来。

虽然语言表达进步得慢，但我生她、抚育她、了解她，我知道她想告诉所有关心她的人"她做到了"，她想对所有生病的人说"不要放弃"。女儿，你一直知道的，妈妈多么为你感到骄傲。

2012年12月2日，住院第二天

第一场同乐会展开了，下午开始陆续热闹了起来，病房里塞满了人和礼物，包括了常在电视上看到的厂商、厂代、购物专家、同事：永屹、秀玉、心妍、盈秀、Yvonne、香君、Mike、小王子与佳吟、咏欣、桂菁、中佑、艺珊及斯容。礼物里大都是润润退化后才喜欢的粉红色，除了布娃娃、帽子、手套外，朋友们为了让她双手手指能灵活运用，头脑能继续努力思考，大都准备了积木与拼图。

润润为了这天，兴奋了很久，从小到大对于别人的赠予，她总会贴心地表示："谢谢，我很喜欢。"这点总让对方感受到送礼是件快乐的事。如今，声音里带着惊叹的语调越加高昂，喊谢谢的真诚度越加清晰，我知道她在某些程度上已经退化到像个小孩，虽然带着高挑的身材，但身体里装着天真无邪的灵魂。

但没关系，妈妈陪你面对，即使你不是一般父母所期望的知书达礼、进退有据的年轻人，但你依然是我的骄傲，不会因为你种种的退化而羞耻，反而因为你坚强的毅力，让我可以自负地告诉全世界："润润，她是我的女儿。"

我为润润准备很多小卡片，让她一一写出感谢各位哥哥姐姐的话，虽然大家都看得出来她写得很慢很吃力，但大家的鼓励赞美声，让我深深感动于心。其实当下，我跟阿姨比任何人都开心，因为只有我们了解，奇迹又发生了。跟过去比，她算写得很快了，字也看得懂了，跟大家的对话虽然很短，即使只是很少几句："这礼物我想自己拆。"即使还是会听不清楚，但都讲得很完整没有断掉。天哪！看着她的进步，我好知足，我想对全世界的父母说："孩子的健康，就是最大的财富，你们真的好幸福。"

这天下午，同乐会进入到最高潮，咏欣跟mike帮我把台中师生准备的卡片带来了，这份礼物是她所不知道，也是让她最开心的惊喜，当咏欣把礼物递给她后，润润的一句："怎么可能？"我知道这3个多月里她在学校的无助与孤独都瓦解了，我们让她一一大声念出来。

病房里人很多，但很寂静，只剩下润润的声音配着不怎么顺的语调，大部分的人这么写着："你还好吗？虽然跟你很少互动，但我们都觉得你是很天真活泼的漂亮女孩，你知道我们很想你吗？专心养病，赶快康复，然后赶快回来跟我们一起快乐地读书，不要放弃任何希望，没有不可能的事，千万不要忘记你的妈妈，也不要忘记我们，要很努力记得一切美好。"

也有很多人这么写："非常开心能认识你，虽然很少跟你说话，但每次看见你，总会看到你挂满笑容很有礼貌，我们都会为你祷告，你一定要加油，赶快回来，我们很期待再看见你的笑容，你是上帝派来的天使，让我们知道更珍惜生命的可贵，谢谢你让我们学习到的一切。"

润润的室友与隔壁房的室友大都这样写："我真的很抱歉，我承认有时对你口气不好，不是因为你常忘东忘西就是嫌你很脏。我们其实都是想帮助你，只是烦恼找不到方法，但我们从来都没有不喜欢你，也都知道你是个善良的女生。希望你原谅我做得不好的地方，一定要加油，我们都会支持你，也很想再听到你在厕所里唱歌，不要让爱你的人失望，要勇敢活下去，然后跟我们一起上课，过快乐的圣诞节。"

念着念着，润润哭了，我们也都跟着哭了。至今看着润润的进步，我始终感谢同事、朋友、大家的力量，我一直很希望她的人生里，每一分每一刻都是美好的回忆，谢谢这些同学让她学会原谅与放下，因为每一个人的付出与爱的能量，让她展现奇迹到现在。

那天晚上开始，润润拿筷子不会再掉了，一直到现在，始终拿得很好。当然她不是神速的进步，永远记得那天大家陆续要离开病房，说再见时，她老无法接上，总是看到人快走到门口时才脱口喊再见，大家总被她的断电式回应逗得哈哈大笑。好友斯容跟我高中同学阿威陪着润润聊天玩游戏，帮她设立FB，一直到11点才离开，之后的每一天，厂商厚宜姐每天送餐食、送漫画来给润润，也带着他的两个儿子来陪润润看卡通，每个月病房里随时都有朋友同事来给润润加油打气。

要感谢的人太多，包括帕玛氏的彦彰、纯纯，常跟润润用whatsapp聊天的东琳妈，每个月都会到医院的mildskin执行长及淑宜，教润润种香菇的Cherry，帮我找中医的华佗朱董，寻求北京中医来的DoDo姐，写信到国外求助的约克王总，教润润带动唱的制作人仁羲、福良、侨宴，送润润音乐播放工具并下载好流行歌曲的刘姐，常到医院陪润润唱歌跳舞的梳化妆师及模特儿燕萍、静宜、熊熊、小竑、纬华、Nancy，送李唯枫签名CD的小凡，帮我处理资讯往来的Miko，还要谢谢亚妮、采蓉、Nancy帮忙找润润的偶像录制加油影带：吴克群、罗志祥、小S、蔡康永、陈汉典，都谢谢你们！更多同事的关怀，漏掉的、未记载的请你们原谅，俞娴永志不渝。

2012年12月3日　住院第三天

隔天一早，我一如往常地上FB取暖与致谢。不会吧？我的FB不见了！试了又试，关机又开机，就是不见了。

我想起昨晚斯容跟阿威为了帮润润设立FB，因为手机网络问题，电脑又老是死机搞了一晚上，没错，真的不见了。突然间我感觉到惊慌失措，怎么办？这些日子来，FB成为我的生活支柱，我从没这么需要依赖一个人，更何况它是一群人，是我的医疗资讯来源，是给我们加油打气的力量，它成就了我要为润润完成的及还未完成的梦想，它让我不寂寞，更让我感受到我并不孤单，因为有一群人陪我打仗。

我开始祷告，不断地问主耶稣，究竟你还要给我什么样的试验。我边埋怨边赞美主，边感谢主为我关一扇门，边骂何必再开一扇窗。我想天父听了也了解这女人已经快精神分裂了，她实在是很难驯服。

林医生来巡房了，我不只看见润润迅速下床，还看见润润快步迎面走向他，然后送了他临时写的一张小卡片，这卡片是昨天同乐会剩下的，同事们心疼她写得辛苦，要她别写了。惊讶的是我看见卡片里的字迹写得整齐漂亮："谢谢医生叔叔把我医得这么好，谢谢您。"然后，在林医生跟她说再见时，她接上了，说"谢谢与再见"说得那么及时，她接上了！我跟阿姨再度兴奋尖叫。

一位护士递了字条给我，上面写了另一位病友家属的电话，她很尊重地告诉我："这是佳萱妈妈的电话，她说不勉强，如果你愿意可以找她聊聊，她就在1614房。"

佳萱是另一位MLD孩子，2岁发病，病情就跟电脑里形容的一样，唯一不同的是，现在她已经五岁了，还在努力奋战着，虽然一住进来我就听说了她已经卧床，听不见也看不到，但在此时探望这位跟我女儿一样病名的孩子，我好挣扎，好怕自己不够坚强，好怕看了于心不忍，好怕去想象润润万一也这样。

最终我还是鼓起勇气去了，无论如何，病友家属间的联系是很重要的支持力量。

映入眼帘的是一位白白胖胖、好可爱好可爱的小女孩，我的眼泪差点夺眶而出，这样一个睡美人，怎么可以，怎么可以这么残忍没让她经历人生。我完全无法安慰眼前这位面容清秀，长发披肩的年轻妈妈，但她比我想象中坚强，反而是她鼓励我，给我加油打气。我很惭愧，软弱地净问些怎么喂食、能吃什么、怎么知道她痛，怎么知道她不要这个姿势、怎么知道她癫痫、怎么知道她感冒、肺感染、有痰……仿佛那个没用的我又跑出来，害怕润润有一天也这样的话，我根本抱不动怎么办。

听她说着这一路的心路历程，初期他们都觉得小孩子走路，谁不跌倒，佳萱从跌倒开始、一直到全然倒下，只有半年。也一路听着他们如何奔波，甚至把国外的医生都请来了，最后绕过好大一圈找到林医生，才尘埃落定，到现在依然固定每月回来一周定期接受治疗，原因无他，因为只有林医生让佳萱不再退化了，这一治疗也近两年了，不只是等待基因治疗等待希望，而是希望让佳萱尽量好过些，不要抽筋不要痛。

她说到重点了，痛，这是我们无法想象的痛苦。正常人不舒服都可以呻吟哀号，但他们无法表达，连换个姿势也没办法，更何况她只是个孩子。

或许很多人质疑，为什么要孩子留在身边受这种苦，就像当年罗伦佐活到30岁又如何，他的母亲最后比他早走，照顾了他一生又如何，最后罗伦佐也走了，剩下白发苍苍孤独的老父亲。如果孩子躺在那，靠呼吸器呼吸，只能喂食流质饮品，为什么不让他们早点解脱，这样真的是爱吗？

以前的我也有这种想法，但真的遇到了，我必须告诉全天下的爸妈，说这样的言论，一定是你们没有罕病的孩子，这样的语言对每一个罕病家庭都是伤害。

我们怎么会舍得让他们受苦？怎么会不晓得面对现实？但不到最后一分钟，这样的话不可以随便批判。就是因为舍不得心头肉受苦，我们才这么努力。他们疼痛、抽筋、想嘶吼、想大哭时，我们依然能从他们挣扎痛苦的眉宇间知道，但我们束手无策，这样的锥心之痛，只要身为父母一定体会得到。

如果要我们一定得接受孩子终究会离开的事实，那更不应该是让他们痛死而走。你们有听过罕病因为肺感染、其他器官感染、呼吸衰竭而走，但有听过痛死走的吗？就算离开，也要让孩子快乐地回去当天使。更何况这些孩子虽然无法看、听、说，但我相信他们有想法、有意识，他们的头会找寻妈妈的声音而转向，他们的表情会因为不痛而柔和，那一刻如果你们看见孩子妈妈的微笑，谁都会动容。

林医生曾经告诉我，当他听到润润告诉他："叔叔，我不要上天堂，也不要下地狱，我只要当我妈妈的女儿。"他相当地震撼，那是他听到第一个表达想法的声音，其他孩子无法言语，但不代表他们没有求生的意志。原来润润不止一次对我说，也跟林医生说了。现在，我也对润润说："妈妈不会放弃，无论如何我会在你身边，让你永永远远当我的女儿。"

看着她帮佳萱擦拭身体，活动四肢，让我更敬佩这些家属的坚强及对孩子无私的付出，她说没办法，面对了，也习惯了。我的内心突然极度反抗，不行，我不要习惯，我要逆转。离开病房前，她给了我最重要的提醒："记得，千万不能让润润感冒或发烧，不然会倒得很快。"

我明白了，上帝说："我给你的，够你用了。"

我不再执着网络了，不能永远赖着别人的关爱过日子，何况接收快乐讯息是本能，谁要一天到晚在网上看到悲情。我已经接收了太多资讯、消耗了太多精力在找寻医疗方式，如今上帝铺好了道路，也让我看见了奇迹，我只管继续往前冲刺就对了，为何还要信心不足？是怕照顾她，还是潜意识里，我根本就有孩子终会倒下的准备？我怎么可以这样！她会好，就是会好！还有太多事情要为我女儿完成，工作绝不能停，才能预备不可知的医疗费用，再这么下去，润润没倒我就先倒了。

　　我决定不在此时再更新网上消息，大家的爱够我用了，战线得拉长，战术得重新策略。

4

　　同一天，我答应了常春藤学校的安排，在润润出院后，带她回校园。其实原先我挣扎了许久，内心里存在着许多埋怨，尤其是那几个抗议跟润润同寝室的家长。但后来冷静想想，怪不得别人，这么昂贵的学费，哪个父母不是为孩子出国留学做准备，又不是慈善机构，难道是安排孩子去做义工。连我都不敢让人知道，让她再回常春藤不是为了升学，而是为了让她早日康复有自信，这如果让别人知道了，肯定又是一阵数落，说孩子会这样都是我宠坏她了。

　　每次听到这样的话，我只能把委屈往肚里吞，难道我钱多吗？工作不辛苦吗？我不想谈恋爱过自己的生活吗？不要说只有一个孩子，就算有一打的孩子也一样，任何一个孩子生病，只要能医好，做父母的就算倾家荡产也义无反顾。

　　于是，我放下了，我决定让润润从哪里跌倒，就从哪里爬起来。不只接受了常春藤的邀请，我也开始张罗联系初中、国小的同学会，让最痛苦的回忆抹去，最美好的回忆再现。

　　我问润润："你还有最想见的人吗？"

　　她毫不犹豫地大声回答："吴秀惠老师！"

　　"还有吗？说出来没关系。"我想知道我该为她做什么。

"嗯……算了，啊！刘名权老师，我的初中导师。"她还是像个孩子。

"刚才本来要讲谁，为什么算了？"我很疑惑。

"小学同学，可是他们应该不会想见我。"她很失落。

"为什么？你不是有好几个好朋友吗？"我更疑惑。

"不知道，就是这么觉得。"

"那初中同学呢？"我试图问问看。

"更不要！"她斩钉截铁地说道。

初中生涯造就她很深的阴影，润润觉得只要是同学都会排挤她，我更决心一定为她努力到底。

吴老师是她的小学导师，她有着一头乌黑飘逸的长发，长得很漂亮，身材很窈窕。重点是她非常具有爱心，对孩子的付出不遗余力。

记得润润小学毕业时，吴老师哭得比孩子们还伤心，跟润润之间的情谊说是师生，但更像姐妹，润润上初一后，每逢放假回来就去学校找吴老师，有时也会到兴雅初中门口等小学同学下课出来。

几次打电话到博爱小学留言后，终于等到吴老师回电，其实，我并不知道该如何开口，每说一次都是在心头上撒盐，我只能找寻最能让自己坚强的方式表达："吴老师，润润得了罕见疾病，异染性脑白质退化症，目前每天都在跟生命搏斗中。她很想见你，小学是她最快乐的时光，拜托你帮帮我们，让她快乐也给她希望，至于这个疾病，我无法说，你可以上网查，好吗？"

每次讲到这里，我就哽咽，久久无法言语，电话那头任谁也不忍心再追问MLD是什么，总要等个两三天，他们上网看过资料与文章、心情也稍稍平静后才能跟我详谈，然后就会换成电话的那头哽咽、沉默许久。

"怎么会这样？刚毕业那个暑假，我常常在公园遇到她，她总骑着脚踏车大声地喊：'吴老师！'看起来很好啊，永远都笑嘻嘻的，怎么会这样……"吴老师也没办法说下去了。

"在哪里？现在在哪家医院？目前情况怎么样了？"吴老师恨不得立刻来看她。

每逢这个问题，我就会先打从心底佩服林医生。因为我总能很骄傲地告诉他们："现在很好，润润一直在展现奇迹中，肢体与记忆都回复了许多，你可以来看她，她会认得你。"

隔天，吴老师要我先瞒着润润，她想给她一个惊喜。果然在她走进病房的瞬间，润润的叫声，连三间病房远的护士都听得到。

润润开心极了！连吴老师买的蛋糕也不准我碰，我简单地叙述病情的演变，当吴老师心疼地对润润说："怪不得六年级下学期的时候，你老是迟到。"她马上回应："就对嘛！你都很凶地说：'这不是理由！'"觉得自己相当委屈无辜，顿时病房里哀伤的气氛，马上被我们的笑声一扫而空。

吴老师心里很明白，她，只有外表长大，但心智上已回到那个单纯天真的润润。我在她们聊同学、聊往事的回忆中，偷偷地先离开了，把快乐的时光留给润润尽情拥有。那天，吴老师一直陪她到晚上才离开医院，一直到现在，也会跟润润网上聊天，随时关心她的现状。

隔天傍晚，当我离开医院去公司后，另一个惊喜来了，病房瞬间挤进了很多人——润润的小学同学。

可想而知，润润有多么快乐。原来细心的吴老师早就联系好了，同学们约好下课后一起到医院来看她，并且贴心地制作大卡片，纷纷写下大家的祝福与打气语。我终于知道，润润为什么最怀念那段时光，不管这些孩子分散在哪一所高中，他们都非常有默契地不提现在，只聊过去，聊着过去每个人的糗事与八卦，绝口不提未来的计划与梦想，不当润润生病，只当她度假。那天晚上是润润难以忘怀的时光，病房里充满了欢笑声，大家互相留了联络方式、拍了很多照片，并且相约等她康复了，找她一起出去玩。

善良的孩子们，润润妈妈谢谢你们，谢谢你们给她希望、给她力量。虽然那天之后你们没再接到润润的任何消息，但是请放心，她很好、依然很坚强，她说不敢找你们，是因为怕你们都在上课或在家睡觉，会觉得她很烦。我想你们能够了解她对于这份可贵友谊的保护珍藏。

我在心中的计划表上，暗暗地打个勾，同时也不断积极地联系初中老师，刘名权老师。

坦白说，要帮她办初中同学会，是我的计划表里最需要做到、也是最难完成的任务，比起小学同学，这些大孩子心里多了错综复杂的纠结情绪。当刘老师告诉我："我尽量试试看，但没有把握能把大家聚集起来。"我其实一点也不意外，但我还是急哭了。

"刘老师，无论如何拜托你，我希望润润的人生是快乐的，没有遗憾忧伤，看每一个事物都是美好的，不管未来如何，我都一定要让她放下，就算只剩一天，也要她昂首阔步、重拾自信。拜托这些同学，就当是行善演个戏吧，她会有斗志、奇迹会出现，我会非常感激的，所有聚会费用，我都会负责，拜托拜托。"我努力恳求着。

之后，我没再继续烦着刘老师，决心把这事交给上帝来安排。

过去，刘老师一直很心疼润润，当他知道我们要搬到杨梅时，他举双手赞成，他告诉我，这年纪的孩子很需要朋友，他们一直视朋友比父母还重要，润润一直努力想融入群体里，但因为太过在乎所以相对地受伤也深，能够远离台北重新开始，对润润而言是好事。

我也明白刘老师的为难，谁都没料到，他们排挤鄙弃的竟是位罕病的孩子，而这个长久被使唤跑腿的孩子，按照历史纪录，生命并不长久，他们一定也很矛盾难过，该如何面对这个被亏欠的女孩，对这些青少年而言，也是残酷的考验。

如果每个父母都是在做爸妈之后才学会怎么当家长，那我就是从知道润润生病后，才开始学着怎么当妈妈。

严格说来，润润从初一到高一四年里的学生生涯过得并不开心，甚至在初二初三的两年可以用痛苦来形容，所有快乐的回忆都集中在小学及童年。

那时的她干净、漂亮、活泼、开朗，下课后总有很多同学围着她聊天说笑，字迹工整、成绩优秀，放学后爱跟同学约去骑脚踏车，更喜欢约来家里跟2只小狗玩。

从小她的抽屉里就摆放得整整齐齐，她就像我的小秘书，任何东西找不到，问她就对了。铅笔可以写到无法削短为止，别的孩子拥有的贵重玩具，她也不曾忌妒，很容易感动，很容易满足。看到路边乞丐一定去投钱，不用去动物园、游乐场，就算夜市走一遭她也很开心，放学后第一件事一定先写功课，有东西吃一定跟大家分享，方向感比我好上一百倍，"请、谢谢、对不起"是她的口头禅，爱笑也爱哭，脾气好有礼貌是大家对她一致的评价。

我常觉得她是上帝派来安慰我的超完美天使，我爱我的女儿，但润润更爱我。

记忆就像长长的胶卷底片不断拉回过去，一段错误的感情跟孩子没有关系，我决定独自生下她，发誓用满满的爱灌溉抚育她。在她牙牙学语后，我开始每隔一段时间就代替父亲的角色写信给她，告诉她，爸爸远在国外，虽然无法见你，但是一样爱你。这样的事情一直做到她上幼儿园后，突然有天她问我："为什么爸爸的字跟你那么像？"之后，我就再也没做了。但她也从来不问我为什么爸爸不再写信来，在她小小的心灵里，或许知道，或许不知道，但她选择相信，只要是从我嘴里说出来的话，她都深信不疑。

每个父母在教育过程中都会对自己的儿女说出善意的谎言，尤其是圣诞夜，总把圣诞老公公的礼物当做这一年孩子表现的总结。礼物小一点就有机会教育，要孩子更乖更听话，明年圣诞老公公一定会把最大的礼物给你；礼物大一些，就说他们是最棒的小孩、圣诞老公公的最爱，以后一定要继续保持下去。但这位帮我们教育的老人家总会随着孩子上幼儿园后被拆穿。可是润润却不会，不管孩子们之间如何以柯南的口气说着爸妈的小把戏，但润润总会骄傲地告诉我："妈妈，其实他们都不知道圣诞老公公最喜欢我，只有我才真的有礼物。"而我也自负地跟她说："嘘！我们要谦虚，不要跟同学现，这样圣诞老公公会更爱你。"

这样的想法一直维持到小学六年级，有一天，她跟同学吵到面红耳赤地回家，说同学如何笑她笨，笑她竟然会相信圣诞老公公这天大的谎，还理直气壮地质问我："同学说那些礼物都是你送的，我快气死了，真的有圣诞老公公，对不对？"

我摸着她的头替她委屈着："宝贝女儿，只有相信的人才会拥有，如果100个人里有99个没有，你一定吵不赢他们，以后别跟他们吵了。"润润依然选择相信，相信有梦想才会成功。

是的，相信的人才会拥有。人，永远不能失去希望。

于是，从住院那天起，我开始跟润润天天一起喊着精神口号：

只要我说："你是上帝派来的……？"

她就大声回答："天使！"

我说："你的任务是……？"

她回答："创造奇迹！"

我再问："你是几分之几被拣选来的天使？"

她喊："十六万分之一！"

我继续："你的外号是……？"

她接着："美少女战士！"

这样的精神喊话，这样的信心，成为我们母女间一道紧密的桥梁，让我们更勇敢地面对不可知的明天，只要你问润润："你相信你会痊愈吗？"她会毫不犹豫地回答你："当然会！"

润润喜欢英文，初一时我让她就读台中的常春藤美式寄宿学校，我一直希望她快乐地成长，不要补习、不用基测，只要我能做得到，我都尽最大力量。那是一所很美式教育的学校，老师、校长都是外籍人士，孩子的自主性很强，在那样的环境下，孩子理应培养出独立健全的人格。

但随着每周到学校探望，老师开始陆续反映，不是上课打瞌睡，就是分心，功课也没写完，虽然我无法置信，但总告诉自己，刚飞出去的鸟儿需要适应外面的海阔天空，除了告诫外，就只能再观察看看。

之后再去看她，我很惊讶她越来越凌乱，服装穿不整齐、头发油腻不洗，宿舍的衣柜打开后，一阵臭味扑鼻而来，脏的、干净的，干的、湿的衣服全丢在一块，袜子几乎无法凑成一双，虽然偶尔会听老师提起，但亲眼见到转变如此之大，真的很难接受，她也开始反映没有同学理她，我很后悔我的处理方式是除了骂她还是骂她。

当然，那时放假回来，也带她去医院抽血检查，但报告一切正常。所有的人都说我大惊小怪，说我对孩子要求太高，哪个年轻人住校不是这样？尽管我辩解跟她小学时比起来，实在太不一样了，但结果我又是得到一阵望女成凤的数落。

有一次她打电话告诉我，她骑脚踏车跌倒了，而且擦伤很严重，当时的她表达得很清楚，还告诉我老师如何帮她急救处理。我虽然担心却努力叫自己放心，因为这是独立的必经过程，谁骑脚踏车没跌倒过，浑然不知"跌倒"竟是这疾病最大的警告，每次想到这里，我总是不断自责"如果早知道……"

初一结束的暑假，她像男孩子一样爱抖脚，而且越抖越厉害。她越来越邋遢，越不像女孩子了。我当时觉得，她还太小，还是应该带在身边才对，最后还是让她转回台北就读了。

我以为孟母三迁不过如此，辛苦点有什么关系，继续找寻适合她的环境就是了，也许适当的压力是对的、回到台北面对升学考试是对的。没想到接下来两年，是她这一生最不开心的日子，也是我这辈子最无法原谅自己的岁月。

所有看过的医生都说她是注意力不足，还并发嗜睡症，那两年几乎每天早上都是被我赶出门的，联络簿上每天都被警告别再迟到；走路总是用拖的；动作总是慢吞吞；座位的四周总有一堆垃圾，怪的是要她捡起来，她总是觉得很干净啊；鼻涕总在落下后才拿卫生纸；生理期时总会搞得一身脏；越来越不懂得害羞，洗完澡从不在浴室穿衣服，浴巾没裹好就跑出来，几次在学校的游泳课也是这样；定格的状态也越发严重，仿佛倩女幽魂里的宁采臣对着她不断伸出掌心喊"定"，不论刷牙、洗脸、上厕所……无时无刻不处在定格的状态，总要过两个钟头后才慢慢清醒；后来盯着作业本半天也写不出功课来，我只好请家教来陪她写作业，但就算写完了也忘了带去学校，遗失物品的概率越来越高，驼背越来越厉害。

医生告诉我："ADHD[注]大都发生在小孩身上，随着长大就慢慢好转，发生在青少年阶段只占了15%，要比别人有耐心，服药大概也得三四年，她是属于严重的注意力不足，记

注 润润自四年前发病，前期都被误诊为ADHD（注意力不足过动症），直到半年前才确诊为MLD。

得要有耐心。"

朋友对我说："你想太多了，你讲的所有状况，我的小孩都有，她很好了，至少她不顶嘴，还乖乖让你骂，她长这么高，当然要驼背才能跟同学讲话，是你要求太高了。"

家人也说："你太宠她了，家里又请保姆，又请家教，就是因为把她照顾得太好了，才让她什么都不会做，要怪就怪你自己。"

我很想对大家说："我疯了吗？不用做牛做马地赚钱吗？我也想休息啊！为什么总把我说成一定得把润润送进豪门的样子？"

那两年，她跟我说最多的一句话是："我不要上课，都没有人跟我说话。"在这样的情况下，她不会接收到任何友谊，除了骂她脏，这个年纪的孩子也会对她恶作剧、把垃圾扫到她的位子上说："反正你那么脏"，使唤她跑腿买东西，每节下课几乎都是一楼三楼来回跑，两年下来也让纤细的美腿变粗壮了。重点是做了这些之后，还是没有人理她，她完全得不到这个年龄最需要的友谊。

还记得有一个假日，我们俩从餐馆出来后，她指着对面的新光三越说："那里有没有卖All Star的帆布鞋？"她向来习惯穿Nike的运动鞋，我说要找当然找得到，但要做什么呢？她回答我说："同学不找我一起去西门町，她们老是说我很老土，为什么不穿帆布鞋。"

我哭了，原来不想跟她做朋友，有这么多理由，我问她："这是什么时候的事？"她说很久了，而且他们常常说，也习惯了。接着我心疼地问她，如果需要，我们现在就去买，她犹豫了一下回答："算了，反正穿了也不会理我，不要浪费你的钱了。"

那天半夜我哭了很久，这就是润润，善良不记仇、不会计较的孩子。虽然过得很痛苦，但她只能忍耐，因为她总记得，我要她再忍耐两年就毕业了。

每次回顾润润这段不堪的岁月，就像心头上被插了千万把利刃，痛到泪流满面，因为，加害人竟是我自己，我无能为力改变当时的她，更不知如何保护她，知道她被同学欺负，除了不断跟老师拜托，偶尔去找她同学沟通，尽量去学校接她外，我能为她做的寥寥无几，还不断骂她、念她、甚至打过她、气她不长进……有一回，我拿着她从小到大的优秀作品与照片，哭着求她不要变坏，拜托她赶快回到那个人见人爱的女孩，她还是没有多说什么，只一味地跟着我哭。

其实她哪里变坏，既不偷不骗、不吵架打架，更不抽烟也不穿奇装异服、不回嘴、不顶撞，更不可能离家出走，不过是无法达到一般父母对孩子的要求标准，可是我却宛如世界末日一般，每天只知道数落责备她。

天哪！这么长的时间，她没办法表达，怎样才能让我知道，她不是故意的，她也想起床，也想动作迅速、想要挺直腰杆、想要干净、想要穿好衣服、想要有修长的指甲、想要好好写作业、想要好好说话、想要专心上课、想保管好所有身边物品、想要帮我做家务，这是她小时候最爱做的事；想要有朋友，这是现在她最希望的梦想。但她的表达毫无逻辑可言，更何况是用写的，不只写得吃力，甚至忘了字怎么写。

　　我的孩子，你怎么走过来的？你有多辛苦？为什么不恨我？我宁可你真是个桀骜不驯的孩子让我头疼，我宁可你对我顶嘴、忤逆，也不要你生病，但你对于我的所有要求却只是一味地乖巧配合，叫我怎能原谅自己！

现在的润润，依然爱笑、开朗、乐观、贴心。

在医院的同乐会那天，润润好开心，好多姐姐、阿姨、叔叔来看她，送她很多礼物，她开心极了！

这只小狗是我和润润的最爱

小学的润润和同学们

5

初中终于结束了，对她对我都是一种解脱。虽然是痛苦的岁月，但上帝总会在润润身边摆上守护天使，由衷感谢这两年努力保护她的初中老师刘名权老师，以及发自内心疼惜她的家教老师玲惠。

润润最大的优点也在于此，一直到现在，她不会再提及任何排挤、欺负她的同学，但却非常想念曾帮助过她的两位师长，尤其是玲惠，即使是现在，每个月住院期间，她们总会约在医院相聚，而那一天也是润润最快乐的一天，对于爱她的人，她永远更爱对方；对于不爱她的人，她也不会耿耿于怀。

当然，基测的成绩并不理想，但台湾的学制是不用担心没学校念的。我让她先参加了一趟美国游学，希望不开心的过去全留给过去，而未来迎向快乐的未来。

我并不担心她的英文，即使再烂她也勇于表达，从小她就只对英文跟唱歌有兴趣，还记得她5岁时，已经可以把整本"杰克与魔豆"的英文故事背起来了，但每次遇到"*I smell the blood of an Englishman*"^注时，她就背不起来，有天睡着说

注 "我闻到了英国人的血"，是故事中巨人的台词。

梦话时，却一口气念得超顺，我看着她熟睡的苹果脸笑翻了。

在那为期一个月的时间，我写了非常多封信件，拜托寄宿家庭包容她、照顾她，不是要她英文有多厉害，而是希望她快乐，快乐地迎接高中、走向未来。每天下班就急着从电子邮件里了解她的动态，我的英文并不好，但我总尽我所能地说明清楚润润的状况，即使一封信要写很久，但只要她真的得到照顾与快乐就好。

出乎意料的是，寄宿家庭的爱心与对润润的尊重远远超过我的想象，每封信件都是赞美润润是多么甜美有礼貌的女孩，从未提及他们每天为了叫她起床送她上学，是如何把他们一家人搞得兵荒马乱，更从未提及她多么粗鲁、多常打破东西。对于润润做的每一件家务都是赞美，即使只是丢个垃圾，他们也会夸她："You are wonderful!"而且他们从不会拿润润跟他们的孩子（与润润同龄的女儿）做比较，反倒是和她一起去游学上课的台湾孩子，总让她落得形单影只，好几次，润润甚至向寄宿家庭表达不想上课、只想留在家里的想法，她对于台湾的孩子有很大的畏惧。

寄宿家庭对润润无比的爱与她久未感受到的尊严，都在润润的心里掀起一波波的涟漪，即使她的表达不多，但从她简短的电子邮件里，我深刻地感受到她的快乐。

为了这份久违的温暖，我完全无法表达我的感激之情，就在一个月后带了礼物，亲自飞一趟美国，对他们致上深深的感谢。

润润从美国回来后，果然告诉我，她想去美国念高中，不想留在台湾，她喜欢美国同学、法国同学、印度同学，就是害怕台湾的孩子。

其实，我怎会不明白她的感受，美国对于ADHD的孩子是多么看重，他们认为这些孩子有比别人聪明的潜能需要被开发，他们的教育方针跟我们重视升学率的环境的确有很大不同，问题是，谁陪她过去？谁可以照顾她？这么庞大的支出该怎么办？有任何状况该如何解决？我该让她快乐还是该让自己沉重？她的未来该是怎样的未来？

经过几个深夜的天人交战后，我决定不管多辛苦，也得选择适合她的环境，也许因为这样，她的病就好了；也许因为这样，她对自己有自信了、走路可以抬头挺胸了，学习是快乐的，不该是痛苦的，我的孩子，只要你能尽快痊愈，我都愿意做。医生说服药三～四年就会好转，如今已经服药两年了，应该就要越来越好了，我心里这么想着。

没关系，孩子，我会很难过、很想你、很担心你、会时时刻刻心系着你。但是，难过没关系，你快乐就好；痛苦没关系，你健康就好。你一定要争气啊！赶快痊愈，你还有很长远的未来要走，赶快好起来，加油！

于是，整整一个月，我又处在昏天暗地的忙碌状态。从找留学中心、考试、找学校、体检、送件、审核、美签、机位、存款证明……要在这么短的时间之内完成并且到位就学，真的是一件很大的挑战，甚至是不可能的任务，重点是我还要上班。但我跟润润办到了，原因无他，我们都有坚强的意志让未来变美好。

终于有学校回应了，润润状况特殊，学校深怕润润没办法参与团体生活，另立了"一个月观察适应期"，润润知道后不断点头发誓，即使她的话越来越少，但我完全感受到她对新生活的期待。特别要感谢当时"惠安留学中心"全力的协助。

申办留学事务期间，也让我发现，原来台湾还有很多老师，依然有着课业成绩决定好学生与坏学生的现实分别，也让我经历了人情冷暖。对于推荐信函，有些老师所表现出来的淡漠，我记忆犹新。我不怪他们，以台湾的教育环境，理所当然认为书念不好就出国留学，喝个洋墨水只是遮掩其缺点的下下之策。我永远记得她的回答："现在是你拜托我耶，应该是你写好内容来请我签名吧？对了，也不用拿来给我，放在警卫室就可以了，我签好会通知你，你再到警卫室拿就可以了。"听完我没再找过她。

相较之下，台中常春藤的校长与琳达老师，努力让每所申请的学校知道，润润虽然成绩普通，但她是个热心助人、贴心善良的女孩。对于他们不遗余力的帮助，我永远心存感激。

一切办理妥当后，离润润出发去美国的日期也越来越近。我赶紧把握可以跟润润相处的时光，能够挤出时间来就尽量陪她，逛街也好，吃饭也好，恨不得把她的可爱容颜、一字一句烙印在心头眼底。

有人建议我，女儿出国以后，视讯应该是最方便的联络方式。我对电子产品向来笨拙，为了怕漏失任何视讯通话，我只好帮润润买了跟我一样的手机HTC desire，找了专业人士帮我们同时下载所有可以用来联系的程序。从最热门的Line到一些其他冷门的应用程式，我们都一试再试，就怕女儿在需要我的时候无法找到妈妈。

从小到大，润润从不羡慕或忌妒别人的贵重物品，但如果买给她，即使在店家老板面前，不管客人有多少，她一定大声跟我说："谢谢妈妈！"尤其这两年她遗失东西的情况，越来越严重，光手机就不知掉了几回，我当然不可能买很贵的手机给她，所以她只好接受新手机一支比一支还差的事实。她从来不曾表达不满，但这次跳级到最高级的（HTC的这种手机在当时是最高档的），她开心得快要飞起来，不断地重复着："妈妈，谢谢你帮我买这么好的手机，谢谢你！"谢到我都害羞了。

我回想起来，从她上小学后，就再也没帮她好好过生日。她是9月2日出生的，总遇上每学期的开学时间。因为她要忙着上学，几乎不可能在当天帮她过生日，只好过农历生日。可是农历又遇上我的母亲生日隔天，就只好每年都一块过。虽然说是跟外婆一起过，但润润只是陪衬，主角当然是她的外婆。

赶在她出发前遇上她的阳历生日，我终于有名目可以为她举办全家人的聚餐。可能我们家从小就吃苦长大，我的母亲向来不喜欢我们为孩子劳师动众，深怕孩子将来唯我独尊，无法刻苦耐劳。但为了润润远行，他们全配合出席，除了不断交代她要怎么爱干净、怎么打理自己、要随时备好面纸擦鼻涕、要记得天天洗头梳头、要随时收拾好环境，也不断地用她的新手机拍了许多看似快乐的生日照。尤其润润跟我的两个妹妹：她的阿姨采蓉与佳惠，感情特别好，每拍完一张，大家总会不舍地再次叮咛她，想家人时就拿出来看一看，千万别再搞丢了，不然这些珍贵照片就没了。我跟润润多次落泪，看她紧紧握着手机，大家都相信，这回她会不一样。

隔一天，也就是出发前两天，我们去威秀逛街看电影。至今每次看到电视上重播《那些年，我们一起追的女孩》，我就会再回想到那天晚上。我永远记得我们手牵手排队买票时，我感叹着工作的忙碌与压力，害得我一直没有空陪润润，距离上次陪她看电影，已经是两年前的事了。

带她去把手机包膜后，她依然像个小女孩，兴奋地边走边看边道谢。用完餐等候电影开演的时间里，我告诉她："你继续吃，不急，我到楼下帮你买手机背袋，我马上回来。"能够为她做最万全的准备，我很开心。

我才离开不到几分钟的时间，润润来电话了："妈妈，有个人说很喜欢看你的节目，刚才不敢跟你打招呼，你可以先上来吗？"我马上搭了手扶梯回来。

谢过消费者的支持与鼓励后，我们就立即进电影院了，电影散场后，我按惯例问她"今天你开心吗？"但她没有任何表情。

"妈妈，我……的……手机不见了！"润润鼓起勇气说出来。

"怎么可能？"我惊声叫着，立刻翻了她的斜背包。"在电影院里被扒走的吗？但你的背包都一直斜挂在你的腿上啊？你太离谱了！"我气得心脏病快发了。

"进去看电影前，就丢了。"润润也快哭了。

"不可能，你打电话给我，我就立即上来了，怎么会瞬间不见了？你给我说清楚！你为什么每次皮包打开后就忘了拉上拉链，为什么每次讲完电话就随手放在桌上，这是公共场所耶！里面有多少重要电话与照片你知道吗？你脑袋装屎吗？"我继续歇斯底里地骂着。

"不知道……"当时的润润已经无法形容无力、难过的感受，我却不晓得。

回家途中，我已经忘了我究竟骂了她多久，也忘了我说了多少不堪的字眼。我想所有同学耻笑过关于她是笨蛋的字眼，我大概像个禽兽般全骂完了吧。我只知道，那天晚上我们都哭了。我哭，不是舍不得一部很贵的手机，是因为对她的歉疚，因为没时间陪伴她的罪恶感。我满心只顾着想制造美好的时光，够我们往后的日子回忆，没想到临出发前又陷入该不该让她独自出国念书的痛苦里，这样的担忧与焦躁有时甚至会让我有想不开的念头。

这晚我又失眠了。我不断自责，这个凡事都得由别人照顾的女孩，真的是被我宠坏的吗？真像大家说的，放手给她自由飞，就一切都会好了吗？连我当妈妈的都这样骂她了，难怪同学会欺凌她。万一她到美国又被欺负了怎么办？我于心不忍，除了不舍还是不舍。

润润出国前的最后一天，我用最快的速度再次买了手机，请人下载、复制电话号码、重复测试所有可以联系的程式。其实我真的很怀念以前的手机，现在科技太先进了，让人浪费一堆时间在研究手机上面。

我也不断接受四面八方的责难与冷嘲热讽。家人说我太狠，说我不尽母亲的职责，再怎么辛苦也该把孩子带在身边亲力亲为。甚至还有朋友认为，我送女儿出国只是为了彰显自己有足够的能力让孩子出国念书而已。

但是，女儿，这些都没关系。天下父母都是一样的，谁会想让外人看见自己孩子的缺失与不足？更何况你的情况这么特别，我该如何从头细说，我该对谁说明白我的痛苦挣扎？其实我也不需要别人体会。谁会知道妈妈倾尽所有也要你健康快乐地长大？只要你懂就好。

学费、贷款、生活费……加上自己也即将停工两个月，所有杂支与开销加起来，算算我至少得先准备350万现金才行。除了自己可以张罗的之外，特别感谢当初帮我把部分手表与包包变现的朋友。

　　一切就绪了，没想到爱旅游的我，第一次到美国，不是去大峡谷、迪士尼，而是前往得州，一个人生地不熟，非常无聊但却适合念书的纯朴环境，Happy Hill Farm Academy。

已经生病的润润

6

行前我把她所有需要知道的e-mail、skype等任何相关资料密码记录下来，并帮她写在2本不同的笔记本里，以便她忘记或弄丢时还能有备份，就害怕她没法跟我联络。

美国马上就进入冬季，我们的行李很多，就算在机场备的推车上堆满了，也还是需要2台才够。当时的润润已经没什么力气，话也不多，只有表情看得出即将离开台湾的雀跃。我一直以为她不帮忙推行李，是因为这孩子正值叛逆期，完全不知道是因为她的病情。我在机场忙到几次哭出来，内心痛骂她的不孝，却又依然充满不舍与担忧。

加州到得州的转机时间相当长。我永远记得，那晚过了12点就是中秋节了，我们都累到无力，偏偏她又因为生理期弄得一身红，我赶紧在机场买条牛仔裤给她更换。

我当时很烦恼，发生这种事已经不知道第几次了。我实在不明白究竟注意力不足可以到什么地步，让这孩子几乎每次遇到生理期都会把自己搞得一团糟。难道真的像家人所说，是我把孩子照顾得太周到，让润润太懒惰了吗？连卫生棉都懒得换吗？但她小时候超爱干净的呀！我只好再次跟自己精神喊话：别担心，之后她得靠自己了，一切都会好转的。现在回想起来，依然是百般自责，原来当时她已慢慢失去自理能力，而我却在那时强迫她独立。我的宝贝，当时的你究竟有多辛苦、多孤独。

看着午夜空荡荡的旧金山机场里，趴在桌上睡熟的润润，我不禁又眼眶泛红，为什么？我们为什么会走到这里？这孩子到底有多委屈有多累，一定要离开我身边？

过了午夜，我们俩在飞往得州的机上过中秋节。一盒月饼静静地躺着，其中一块平分在我们俩的手上，我们都吃不下。我边哭边再次叮咛润润各种事项，要她好好照顾自己，而润润则握着那半个月饼跟着哭，哭着哭着饼也没吃就捏碎了，仿佛从此她就再也不会回到我的身边一样。明年的中秋呢？后年的过年呢？你会不会像其他人说的一样，孩子一旦出国念书，就不会再回来了？一辈子辛辛苦苦地栽培她，最后到了该要反哺的时候，就说要嫁人了，也许就永远留在国外，久久才见一面。

我不指望谁能懂我，我也不想跟任何人解释。养儿防老的想法对我太遥远了，我只是一心盼她能健康地长大，把所有不开心的回忆全部忘掉，有自己追求的人生就好。

现在，我却希望她真的有能力告诉我，她想留在国外、想继续求学、想在哪里工作、想在哪里结婚、生子、定居……天哪，照不照顾我有什么关系，陪不陪伴我有什么关系，即使天涯海角，你能健康就好、能照顾自己最重要。平安就好，快乐就好，谁能成全我这做母亲的小小心愿？

飞机落地了，距离我们母女分开的时刻越来越近了。清晨6点多，天空还是很漆黑，虽然当时还是九月，但已显得寒冷。负责接机的老师Mr. Park与司机早已在Dallas机场外头等候着。

Park有着得州人纯朴热情的特性，一路补充说明我已经知道的信息，介绍着学校是一所怎样的教会学校，也是一所动物农场改建的学校。他也告诉我们，他们是如何教导孩子对生命要有爱与关怀，如何协助孩子独立自主，校园住宿如何管理，请我尽管放心把孩子放在这里学习成长。

我一路听着，也用我不流利的英文回答着，遇到我听不懂或无法表达的字句，润润就会适时地翻译与沟通。Park不断夸润润的英文很好，我也在润润脸上看到了三年来不曾看过的自信光彩。

从机场到学校需要一个半钟头的车程。途中润润跟Park的互动越来越多，她不断问：学校有哪些社团？既然附近有湖，那有没有划船社？我知道她已经不再难过即将离开妈妈的事实，我也知道她非常开心很快就会有新朋友，因为再也没有人知道她的过去，没有人知道她有多么肮脏、多么邋遢、老是被同学耻笑。她要新生活、她要重新振作，她有很多对自己的期许和新希望。

看到她好久没有这么开心，我知道我该放下了。

途中，我拿出了还未准备齐全的清单，请司机带我们去超市采购，包括了厚棉被、台灯、美国专用的计算机、电话卡……加上担心润润的健忘造成大家的困扰，我连卫生纸、卫生棉、清洁用品、袜子内衣……这样的小东西都再重新准备一套。

原来出国念书不只是学费而已，很多零散的开销加起来都是不小的数字，特别是润润这样的状况，所要花费的金额要比一般人来得大。但我不断告诉自己，辛苦没关系，钱再赚就有，等她好起来，一切就值得了。

快到学校前，我赶紧拿出三份准备了好久的信件，上面写满了润润所有生活状况与医生开的病情解说，也写满了所有能够用上的字眼，拜托他们照顾、包容我的女儿。除了一份给Park外，其余2份再托他交给校长及舍监，就怕这一个月的观察期没通过。

终于，我们到达学校了。往女子宿舍开去的途中，我们经过的校园跟动物园没什么两样，从斑马、犀牛、小鹿、绵羊……都有。Park指着其中一只马说：它怀了小宝宝，这两天就要生了。下课时学生都会来看看生了没，谁都不想错过新生命的诞生与令人感动的一刻。

是的，没错，动物的临盆、新生命的产生，都会让人类欣喜若狂了。更何况是人类的孩子，怀胎十月，一手辛苦抚养长大的唯一骨肉，我怎能不为她尽力？

　　在润润一路的惊叹声中，我们来到了一排像度假小木屋的宿舍，每一间木屋宿舍都是4房一厅一卫的30平方米的空间，包含舍监、保姆及各国学生，共有8人，每天大家像一家人似的用完早餐后才出门。校园大到每天都是校车来接学生去教室，平常可租借脚踏车代步。我很骄傲为她找到如此接近大自然又安全的环境，当然代价是用钱堆出来的。没关系，只要我女儿健康快乐，工作到死我也愿意。

　　我们打开行李箱后，我也开始担忧，润润如果像平常一样又定格在原地，要怎么整理行李？也好，我就借着行李太多、需要帮忙整理为由，再跟我女儿多相处几分钟。但司机还在外头，等着送我去家长住的旅馆，我边偷偷掉泪边快速整理，因为离开宿舍后，就不知下次见面是半年还是一年后了。

　　润润只想认识新朋友，放着行李不管，就迫不及待地把礼物拿到客厅跟大家分享。她不只没有一丝的难过，还希望我赶快离开别再唠叨。当下我假装温柔地把她找进房间，然后又立刻变脸，痛骂她一顿，甚至连她是来跟我讨债的、有本事就别再回台湾之类的恶毒字句都说了。后来，我的心里才痛恨自己，又把最后相聚的时光给搞砸了。

　　现在回想起来，才知道我是一个那么不用心不及格的母亲。原来情感的退化也是MLD的病情之一啊！

记得第一次带润润看林医生的门诊，林医生在还没切片，还不能断定是MLD时，问了我："她的个性是不是变了？比方说情感变得淡漠？或是脾气变坏？"

对于这个关键性的问题，我相当震撼。不是所有年轻人都这样吗？不是每个孩子到青少年后都会这样吗？可是不同的是，健康的孩子只是过渡期，我的孩子一旦变了，就回不来了。

是啊！我怎么会那么笨，没有发现润润的记忆力越来越差，反而还总以她不记仇的个性为傲呢？小时候，她若做错事情被我骂，会难过上好几天；同学家人对她好，她会感动到几个月后还在诉说同一件事。现在她的难过、她的感动通常只有五分钟；就算被打被骂，几分钟后依然可以对着卡通大笑；看到感人的剧情完全无动于衷；上一次跟我说"妈妈，我爱你"是很久很久以前的事情。唯一不变的是，在我每次心力交瘁哭泣后，她都会留下"对不起，我一定会改"的字条。只是虽然说会改，她还是不断重蹈覆辙，最后我竟然叫她不要再写这种无意义的字条，竟然无情地说我不相信她。其实她多想改啊！但是她真的做不到。那样的心情该有多无力、多折磨！

我依依不舍地离开了宿舍，并在家长旅馆停留了两天。在那两天里，我一直守着电脑等着润润用Skype联络我，深怕她有任何不适应的地方，或者又打破了什么？遗失了什么？

又或者不会打理自己，影响了团体生活？我有太多太多的担心，等着随时到学校道歉、沟通。

两天了，完全没有消息，我一直告诉自己，没有消息就是好消息，可能，她已经快乐地忘记在旅馆担忧落泪的妈。

终于我离开得州了，离开前我又用不怎么流利的英文，千万拜托Park转达校长要照顾与包容。我没有立刻回台湾，而是带着很多礼物开始为润润建立人脉。于是我来到了旧金山，拜访多年不见的好友欧阳。

欧阳及她的一家人都非常古道热肠、重视朋友，我在他们家住下了。也许是因为母女连心，我能够预知润润即将出现的问题，也许是我被润润状况百出的初中生涯吓坏了，我决定在这里建立人际关系，以备不时之需。

还记得离开台湾之前，有一堆同事给了我亲朋好友的联络方式，每个人总会交代："润润有任何问题或生病，记得打给我阿姨（表姐、姑丈、同学……）"，各路人马分别住在得州、纽约、洛杉矶等等，虽然我从未联系过他们，但这些感动与感谢，我都谨记于心。

从旧金山到得州的学校，搭飞机再加坐车也得花上三个多小时，但对于住在美国的这些朋友来说，这叫"短程"。尤其远在异地的人在情感上的联系与团结，远比我们要强上太多。欧阳有着北方人豪迈的个性，拍拍胸脯大声说："别担心，交给我们吧！我做不到的，还有我的姐妹淘可以帮忙。"

透过欧阳陆陆续续的帮助，我认识了一些热心助人的朋友：Angela、Sherry、Karina、Susan、小祯、嘉嘉、翰翰，每个人都有自己的故事。在异国奋斗本来就不容易，更何况是在还有那么一点种族歧视的美国。大家都是那么刻苦耐劳，出门消费一定平均分摊，吃不完的菜绝对打包。他们的穿着有着美国人的随性，不管如何换装，一定拿同样不起眼的包包，没有人谈名牌论行头。最让我诧异的是，他们对于朋友之间的帮助与安慰，是那么义不容辞，而这一群人成为我跟润润在往后一年里很强的支援。

盯着电脑等待虽然很痛苦，但想到跟润润没有时差，跟润润在同一片土地上，我没有去录节目，没有开会，我的女儿随时想找我就找得到，我就会很放心。

当时我除了特别去拜访润润当时游学的寄宿家庭外，欧阳不忍心看我每天等着无消无息的润润，不断想尽办法带我去做各种我爱的休闲活动，不是带我去Napa知名的酒庄，就是去买乳酪、红酒、咖啡、白巧克力再搭配欧洲情歌。这些曾是我最爱的美食与兴趣，但当时我却不敢告诉欧阳，我哪里也不想去，什么也不想做。我就是害怕，害怕她又拼命咬指甲到流血，怕她又不刷牙、不洗脸洗头，怕她又在身上挂满一串串已经干掉的鼻涕，怕老师打电话来告诉我，无法叫她起床，无法阻止她定格，怕同学欺负她……

可是我就在这里，就在这离你不远的地方，如果真的不适应或委屈，等我，三个多小时，妈妈就会去接你了，可以立刻去帮你解围、帮你表达、帮你道歉："不好意思，她会慢慢改善的，真的很抱歉，给大家添麻烦了，请再给她一点时间！她需要新的生活，她是很特别的ADHD，她吃完药后两个小时，就会越来越正常。真的对不起，请再给她一个机会。"我一直做好再去得州的心理准备。

其实，我痛恨死这个名称了。什么叫"特别的ADHD"？那都是我编的，因为大部分人都说是我宠坏她了，都要我学会放下，甚至用"大器晚成"的道理来说服我，我只能强迫自己接受这烂透了的理由。

日子一天天过去，润润依然没有消息。我还是说服自己，没有消息就是好消息。一周后，我受不了了，打给留学中心，他们回复："Claire（润润英文名字）的妈妈，已经请Claire跟您联络了，Claire也说她会打给您，您别太担心。"亲爱的女儿，妈妈相信你一定会顺利通过这一个月的考验期，你一定很努力，所以连Park与舍监的电话都没打来，你真的做到了。

我不断告诉自己别紧张，但我始终不明白：电脑Skype没开、e-mail不回，为什么连手机也打不通？每天下课或周末的时候总是会有空吧？难道她看着宿舍里每个孩子跟家人视讯时，她不难过吗？她一定会很着急不是吗？小时候只要我去上班，她就不时打电话说："妈妈，我好想你。"更何况她在人生地不熟的地方。

在欧阳家已经待了十几天了，Park的e-mail回复，也都是"已转答Claire，请放心，她非常甜美有礼貌，喜欢找老师聊天。课业虽然还没跟上，但我们都尽力协助她"。

我不好意思再待下去了。这种面对大家热情接待，却内心焦急的感受真的很痛苦，于是我决定放下一切出走。该是让自己喘口气的时候了！再这么等下去，我真的会疯掉。

于是我来到了巴黎，开始一个人的背包客之旅，每次想到那段痛苦的日子，自己都觉得骄傲了起来。我不是第一次来巴黎，但是是第一次住最破烂的旅馆，第一次全程搭地铁靠地图寻访每间历史咖啡馆，第一次什么也没买让自己从凯旋门开始，走完整条香榭丽舍大道。这里有我的许多回忆，我跟团来过，也跟朋友来购物过，还带润润与我的母亲来玩过。我在陌生的异地，坐在广场的石阶上，啃着面包、看着街头表演，脑袋瓜里填满了润润，不时地盯着没有任何动静的手机，思索着未来我们母女俩的路。

其实，那只是一种沉淀与放逐，我也知道钱花完了就要回去拼命工作了，但我就是不想要任何人看见我的焦虑与不安，不想要朋友们问起润润怎么样了。即使大家还是觉得我又去购物买名牌包了，甚至还有人质疑我是否有艳遇，但

都无所谓，只要不问我润润的问题就好。因为如果我告诉他
们，润润一进学校后，就失去联络了，肯定引起轩然大波。
我宁可被家人骂我不负责任，也不愿意让他们跟我一起陷入
无所不在的恐慌中，不是吗？

每个月定期要去医院控制病情的润
润，总是那么勇敢坚强，看着她
的努力，我觉得好骄傲、也好心
疼……

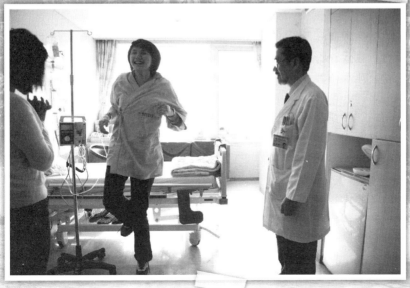

7

回台湾后，发现Park传讯息来告诉我："Claire说她有跟你联络了，不是吗？"我看着手机开始发抖，心想完了。

知女莫若母，我知道发生什么事了。她的手机一定早就不见了，但她不敢说。为了要通过一个月的考验，她想让老师们放心，完全不愿意制造任何问题。她的e-mail、skype等等所有的密码都忘记了，甚至还忘了我有帮她写在两本笔记本里。最糟糕的是，她不能跟老师借电话打给我，不然一切就穿帮了。

她一定很难过，但得假装快乐；她一定很想我，但得假装坚强 ；她一定很无助，但就是不知该怎么办；她知道我这么辛苦让她到国外念书，怎么样也得撑下去。

我向留学中心请求帮忙，不得不告诉他们我所判断的一切。最后说好在得州的周日上午、台湾深夜2点多，Park让润润到他身边等候我的电话。我终于听到润润的声音了！

"妈妈！我好想你！"这一声等待很久的呼喊，让我几乎要号啕大哭，但我必须坚强，此时我只能让她比我坚强，她才能生存下去。

我有一堆关心的事想问她。冷吗？吃得好吗？钱够用吗？衣服够穿吗？同学老师对你好吗？一切都习惯吗？但信号不是很强，在断断续续中，我不敢浪费时间，又怕她忘记，只能交代务必切记skype密码，等会儿回到宿舍立刻打电话回来。

其实润润很想家人，想到快疯了。这回她再也不敢忘记了，挂掉电话就飞奔回宿舍了。原来她没弄丢手机，是弄丢了充电器，我用最快的速度寄给她，但她还是常常忘了充电。之后的日子，我们三天两头视讯，为了配合得州时间，我往往总是牺牲睡眠等待润润。透过画面看得出来，她依然没怎么洗头、洗衣服，但她很快乐。润润除了初中时埋怨没有朋友外，其他时间她都是报喜不报忧，任何问题问也是白问，她的答案永远是：有，很好，没问题，够用。

日子过了一个月，我以为生活完全进入轨道了，可才休完假上班没几天，就接到留学中心副总的电话："Claire妈妈，真的很抱歉，学校因为Claire开过好几次会。老师虽然都很夸她，但宿舍管理员反映真的对她照顾不来，她总是影响大家上学时间，早上起床后，会晃到别人的房间，进洗手间后又久久不出来，房间都是另一位同学在收拾。几次讨论后，还是决定让润润离开学校。"

"拜托，帮我跟他们说，她只有早上会这样，我知道她会有慢动作和定格，但吃完药2小时后，她就会慢慢恢复正常了，拜托你们再给她一次机会！我也知道她卫生习惯差，但可以直接告诉她，她会接受也会改，只是需要时间。她会进步的，拜托，请再给她一次机会好吗？她知道了吗？"我焦急地问。

"学校一定得先让你了解，才能告诉她，你先不要急。宿舍管理员觉得早上校车在门口得等上很久，影响到其他学生，而让Claire自己走路去教室，又怕她永远迟到成习惯，甚至又在房里哪个角落睡着，大家都不知道。我继续跟学校沟通，你先等我消息，别想太多。"听得出来，沉副总已经不知为润润打过多少电话了。

"请先不要告诉Claire，要说也一定要由我来说。我不希望她受到那么大的打击，她一直告诉我，她很喜欢那里，她很快乐。"我继续拜托她。

隔天，润润依然在视频接通那刻，开心地大声喊妈妈。我试图婉转地告诉她，学校已经分成两种声音，在讨论是否应该让她留下来，润润只有失落地回答："喔！我知道了。"我只好拜托她，要她早上起床用尽所有意志力，打起精神、动作迅速，不要再让宿舍管理员有微词。我也几乎每周寄一箱零食与小礼物让她维持人际关系。

之后，沉副总还是会偶尔打来，说的都是跟第一次告诉我的差不多的话，我最后决定让润润自己来解决。润润很伤心、很着急，她直接去拜托老师以及Park，说她会改，真的会改，她不要离开学校。我知道他们很难过，但毕竟照顾生活起居的不是老师啊！同时间，沉副总也开始努力帮我们找新学校。

润润这么一求再求下，让她又在那个学校度过了一个月，但终究还是无法改变需要离开的事实，可见得这病有多可恶、多恶劣、多坏，它完全操控了人的意志、行为与脑袋。

也许很多人觉得我应该在此时再飞过去一次才对，但我才刚跟公司签下新的合约，积蓄用得差不多了，节目早在三周前就排定了，商品制播会议也开过了，如果这时临时请假，影响的会是近四十档节目的人力调度。不管对领导、对厂商都是不负责任的做法，这一种无法说走就走的无奈，不是外人可以明白的。以一个月前就得请假的惯例，最快只能赶在11月底、感恩节假期时去看她。

我拜托留学中心，尽量找距离旧金山近一些的学校，我才能请欧阳帮我就近照顾润润。但能住宿的学校都有限量外籍生名额，以润润的条件的确很难找到适合的。最后在一番努力与沉副总不断沟通下，我们拍板决定了一家学校。说是拍板，其实是别无选择。我们找到的是一所位于加州与内华达州之间，滑雪度假胜地Lake Tahoe的学校Squaw Valley Academy。这所贵族学校非常昂贵，任何活动都得额外收钱。但他们认为不管孩子的注意力不足有多严重，他们绝对有足够的专业与人手可以教育照料。

我把事情的始末告诉欧阳后，她也开始号召一些姐妹们，准备迎接润润的到来，连润润在旧金山停留时每一天的行程、由谁陪同都精心规划好了。

一直到现在，我不曾埋怨过润润在得州念的Happy Hill Farm，因为那是润润最喜欢的学校。我也知道他们曾开会讨论多次，在不舍与无法照顾之间争论许久，但他们选择不做能力范围之外的事，我完全可以谅解。就这样，润润结束了两个月的得州求学记，她比谁都难过，却不曾在跟我通话时掉过一滴眼泪，而我在台湾这头，却没有一天不落泪。

润润离开学校那一天，只带了简单行李，其他由学校装箱寄到新学校，一样由Park载去机场送她登机。后来润润告诉我，其实她快哭了，但她就是不敢哭出来，Park也非常难过，不断表达对她的不舍与抱歉。每次想到那一天的情景，我的心头就一阵纠结，恨自己无法在她身旁，让她倚靠、让她哭。

那天，我彻夜未眠。润润只有一个人搭飞机，没问题吗？她下了飞机，找得到行李吗？是否能在旧金山机场找到欧阳？我绷紧神经地等待消息。在机场接机的欧阳与丈夫Arthur也紧张地看着每位出关旅人，担心那个只见过她三岁时模样的孩子，不知道会不会平安到达。幸好我在欧阳家时跟她分享了许多润润的照片，她有把握认得出润润。

欧阳接到润润了，第一时间立即哭着打电话给我。她说她看着一个右手抱着枕头，左手拖着行李的女孩东张西望地走出来，就知道是润润了。润润告诉她，妈妈交代11月的旧金山很冷，记得带厚衣服与贵重物品就好，她离开学校前突然想起这个枕头，那是妈妈在台湾买的防螨枕头，很重要，所以上车前又冲回去拿枕头，就一路抱过来了。

我哭到快崩溃了。没错，为了不让她过敏，生怕她又让鼻涕一条条挂在身上被骂恶心，我买了整套防螨寝具，还在宿舍里亲自为她换上，才不舍地离开学校。

原来她看似淡漠，但我的关心她都感受到了。在最紧急的时刻，她选择枕头为贵重物品，不是钱包、手机、护照，而是我对她的爱。

8

润润短暂地停留在欧阳家的三天,是我那段日子来唯一能睡好觉的三天。润润不但有一群欧阳的姐妹陪伴、照顾,她们还帮她买了羽绒大衣及雪靴。欧阳带她去做了漂亮指甲,希望她别再咬了,翰翰帮她把电脑、手机重新整理与下载程序,嘉嘉帮她洗头洗澡。我很讶异地问欧阳,为什么不让她自己洗?欧阳告诉我,润润什么都好,爱笑有礼貌又听话,单纯得不像年轻人,唯一可惜的地方就是无法自理。洗完澡之后头上还有泡沫,身上还湿湿的就穿衣服,毛巾湿湿地就挂回去,头发随便吹两下就说干了,有时衣服也没穿好,扣子没对称或拉链卡住都是常有的事,最怪的是起床后没刷牙洗脸,却认为自己都弄好了。

欧阳要我尽管放心就对了。她认为这些都是小事,住校后,不学会也不行,现在帮她不过是教她何谓自理干净的标准,要我别放在心上。

一样的,我对她们除了谢谢还是谢谢,但内心深处的疑惑、不解与担忧却与日俱增。

第四天,欧阳与丈夫Arthur、朋友Angela三个大人陪着润润,浩浩荡荡地前往新学校报到。Arthur是个教授,Angela是个女强人,他们的英文都好到没话说,我很放心让他们帮我跟学校再讲一遍所有请托照顾的话。

后来欧阳告诉我,只不过和润润相处了短短三四天,大家都觉得不舍。虽然自理工作需要教，但大家都喜欢她，她太甜、太乖了。请、谢谢、对不起与笑容就是她的标记。至今我对他们依然充满感恩，因为当他们知道润润得了罕病后，还经常聚集所有朋友为润润祈求祷告。

感恩节前夕，润润就要放假了，Lake Tahoe是滑雪胜地，山路上常会因为结冰而造成危险或意外，孩子通常选择搭火车回家过节，而留学的孩子会选择不回亲戚家，三五好友结伴去其他城市旅游，润润很想跟同学们去洛杉矶玩，但没有人邀约她。我只能安慰她，大家跟你都还不熟，下次吧。

欧阳一家人决定开车去接她回来，避免她在火车上睡着坐过头，翰翰跟嘉嘉于是特别租了可以在雪地上疾驶的专业汽车。虽说是三个钟头车程，但路上积雪很深，停停走走加上偶有车祸事故，早上出发到了学校已经是傍晚了。润润像是等待父母来接的安亲班孩子一样期盼，虽然她有一天的时间可以好好收拾行李，但想当然，她依旧收得乱七八糟。那时的她只管把脏的、干净的、有用的、没用的都通通扔进行李箱，放不下的就东一袋西一袋，有些还用腋下夹着、牙齿咬着。

天黑了，雪越下越大，即使车轮已加装了铁链，但还是打滑得厉害，最后，翰翰顾及大家安全，索性带着她们俩住旅馆去了，一直到隔天下午才到家。虽然我能负担这些可以计算出来的费用，但计算不了的人情，一辈子也还不完。

两天后，我也到达旧金山了。Arthur知道我思女心切，特地带润润来机场接我，润润依然大老远就用她清亮的天籁声音喊："妈妈，我好想你！"我们已经三个月不见了，尤其她又经历过被得州学校退学的痛，我实在好心疼。我紧紧地拥抱她，这一个拥抱代替了所有对她抱歉的千言万语。

润润又长高了，也变胖了，肚子好大，满额头痘痘，连背部也是。小六以前的她一直很瘦，到了初中后即使不胖，但肚子还是有一大圈游泳圈，本来以为是她不爱运动的关系，现在才明白，这疾病真是坏透了，让她无法代谢，造成排便困难，也造成这几年从不流汗，所有毒素不断在体内累积着，所以生理期也从未准时来过。都是这个疾病害的！都是遗传害的！

是的，没错，就是遗传。什么不传，第22条变异的染色体却传给她，谁晓得这是产检所查不到的？现在看到大肚子的女人，我都会害怕，很想对她们说：不是生下来健康就健康，产检、羊膜穿刺都不够！宁可多花钱，就算大费周章，也要检查遗传性基因。只不过这种话若说出来，肯定会挨白眼及咒骂吧。

短短的五天相聚，她哪都不想去。不是因为她思念我，只要黏在我身旁就好，而是她已经越来越没有活力了。跟她对话依然是我问她答，回答的字句绝不会超过10个字。走路虽然稍微有变快一点，但还是需要我不时回头催她。我们最常去的地方就是超市，我总会不断地问她学校还缺什么，还需要买什么，我想每个做父母的应该都是一样的吧！生怕孩子吃不饱穿不暖。我还带她去服饰大卖场，衣服、外套、鞋子、卫生衣、卫生裤、围巾、手套、帽子……之前买过的我又重买了一次，好像我是让她光着身子来美国似的。

其实当时来美国时，我帮她张罗得已经够多了，公司的服饰厂商汪总老是要我别再买了。但是能怎么办呢？润润注意力不足又肮脏得夸张，有可能外套丢在哪里就忘了，或是衣服放到臭了、发霉了就丢掉，生理期时更可能一天之内被她扔掉几件内裤加外用长裤。当时，我真的很想问医生，除了ADHD与嗜睡外，到底有没有"懒惰病"与"邋遢病"这种病？没有人可以想象得到，帮润润一个人张罗的衣物，就要三个人这么多！

感恩节前夕，我给了她200元美金，带她去百货公司，要买什么吃什么，想送谁礼物，全由她自己决定。没想到整栋好大的百货公司里，还没逛完一层，她就告诉我："别逛了，我什么也不要。"

"这个钱算是我的吗？我真的可以决定吗？"她继续问。

"当然，给你就是你的了"我再次向她保证。

"谢谢妈妈！"她又大声喊着。

"你想要买什么吗？"我很好奇。

"我只要买给翰翰哥哥和嘉嘉姐姐。"她很开心。

"好吧！你自己斟酌，买剩下的钱就留下来当零用钱。"我边说边带她往男性商品楼层走去。

润润向来如此，长这么大从未跟我要过钱。身上有钱的时候，文具用品、零食等等，她一定用自己的钱买；身上没有钱也没关系，那就什么也不买，一直等到下次一起去商场时，才会问我可不可以买她需要的东西。

我盘算着：小女孩一定买便宜的皮夹、零钱包之类的东西，了不起一个人三十几块美金的预算，如果她身上还有100多，那回到学校时，我要再留多少现金给她呢？结果我还没算完，发现她把200元美金花完了，只买了两样礼物：男性香水礼盒与女性睡衣，自己没留半毛钱。

　　这就是润润，我的女儿。那时候的她，虽然不像小时候一样善于传递心意，脸上也无法有太多表情，但她心里有数，可以对自己毫无保留，也要把她的所有献给要感激的人。

　　那天晚上，翰翰、嘉嘉因为打工很晚回来，润润却像个小孩坚持不睡，抱着包装好的礼物，在客厅里兴奋地走来走去，一直等到他们回来，笑嘻嘻地亲自递给他们，没多说什么，就心满意足地进房间了。

　　我的天使，上帝安排你在我身边，不只教我看见了你的善良，更让妈妈学习到，付出是那么快乐的事情，是那么地不求回报，因为那是一份无法用金钱衡量的真心。

润润和家人相处的欢乐时光

9

假期结束了，这回，换我和欧阳、Arthur带润润回学校。这也是我第一次看见她的新学校。

在带润润回学校的途中，我们顺道去了名牌畅货中心，因为我有太多人得送礼致谢了。不管逛哪个名牌，不管我买了多少皮夹或丝巾，我都会习惯性问润润："你有需要什么吗？"润润懂品牌，在我十几年的购物专家生涯里，耳濡目染也能了解一些，但她向来不崇尚名牌，也不会跟同学比较。她总是完全不为所动地回答我："不用了，我有。"

"但那是在夜市路边摊买的，妈妈买一个好的给你好吗？可以用很久。"我永远存有补偿心态。

"不用，还没坏。"她毫不犹豫。

"确定？再想想好不好？你看这个呢？"我也不死心。

"真的不用，我确定旧的还能用。"润润很坚定。

"而且……我怕会弄丢，你又会骂我。"这也是她的心声。

只要是在旁边听到这番对话的人，总会补上一句玩笑话："我当你女儿好了，我不会弄丢。"但大家并不知道，现在我想起这样的对话有多难过。就是因为润润太常弄丢东西，我总在骂完她一顿后，就让她用二手货或瑕疵品一段时间，过一阵子后又再买个好一点的给她，然后周而复始不断地循环。她从不顶嘴，只有我骂她的分，但我，更欠骂。

Lake Tohoe这个湖美得像仙境一样，难怪大家都爱来这里度假。Squaw Valley不像Happy Hill Farm这样位于原野中，反而像被精心雕琢过的森林城堡，在悠山深径里，完全不像是所学校。宿舍每个房间可以住四个孩子，但润润的房间就只有两个人住，我当然知道是怎么回事，也好，这样她就有较大的空间。

我很佩服美国人，说好听点是自由民主，给孩子很大的自主权，说难听点是放纵不管，因为每个孩子都缴了非常昂贵的学费，还是少得罪为妙。

一进到润润的房间，我的火又上来了。放假一个礼拜，牛奶没冰、盖子没盖；桌子上黏黏的，有果汁打翻没擦的痕迹；马桶不通、浴室超脏、零食饼干拆了很多包、五斗柜里的衣服就跟菜干没有两样、书桌乱到没有空间可以读书、床上都是衣服，连台灯都没有插电，说有多乱就有多乱。

接下来发生的不是润润所谓的"噼里啪啦"，而是我怒火中烧的"泼妇连环骂"，最对不起她的是，可能因为职业的关系，我骂起人来非常厉害，可以连骂两个小时不用停，好像录现场节目连卖3个商品一样，时间到了还自动可以停。

润润边哭边说马桶塞住不是她弄的。我早听闻过，同寝室的俄罗斯人比她大3岁，态度不佳就算了，什么都赖给她。我很了解润润，是她做的就承认，她说不是她做的，就绝对不是。但前两年被欺负的初中生涯，再加上表达能力不好，往往让她选择委曲求全，要赖给她，她也没办法。

那天之后，我的狮吼功就传遍了整个校园，这对外国人来讲是不得了的大事。而那位俄罗斯女孩就再也没找我女儿的麻烦了。

非常恰巧的，就在我们三个大人快要离开前，前一所学校帮她整理出来的三大箱行李刚好到了。上帝多么地疼惜润润，为她安排得恰到好处！催了那么久不送到，偏偏在我正在刷厕所、做她的保姆时到达。我傻眼了，只好认命地和欧阳一起用"快转影片"的速度拼命地收拾、分类、整理……等把润润的房间全部变得焕然一新后，已经天黑了，我不好意思让Arthur在晚上开山路，就决定请他们夫妻俩住旅馆，在当地度个假。

我们住在旅馆里，那润润呢？骂归骂，终究是心头肉，真的要分别还是担忧、舍不得，所以当我跟校长、校务经理、宿舍管理员见面时，顺便提出让我再带润润出来一晚的要求。

因为是度假胜地，小镇上的旅馆每间都客满，最后我们在山区里头才找到一家可以住的旅馆。当时，我们开着车，偶尔还会看到树上挂着牌子，"夜间熊出没，勿逗留"，也会看到警车在来回巡逻。我们还被按喇叭要求下车询问呢！其实那时不过11点，我们又不是熊，态度何必如此强势啊？但后来才明白，小镇上的治安向来良好，跟他们多年来的政策有绝对关系，让润润在这里读书，我放心不少。

说是旅馆，但以台湾地区的标准，其实是民宿，老板娘与服务生是同一人，就跟电影里演的一样，带着惺忪睡眼，一头卷曲乱发，却很和蔼可亲地说明着一切简单自助的设备，并且交代有任何事情来敲她的房门没关系、这么晚了会有熊出没、一切要小心、窗户要关好、窗帘要拉上。经过她这么一讲，我觉得自己好像到了恐怖片里，小旅馆主人告诉主角半夜会有鬼或是杀人魔一样。那天晚上我睡不好，不时留意窗外的风吹草动。

隔天早上起来拉开窗帘，我一声惊呼：太美了！原来这里那么美，我很后悔前一天晚上没有好好睡觉。我看见欧阳挽着Arthur的手在林间散步，阳光在树林间一束束地洒下来，在寒冬里显出金光闪闪的温暖。这对老夫老妻重拾起多年不见的浪漫，偶尔拍拍对方身上的落叶，或笑着和匆匆跑过的松鼠打招呼，那样的情景如诗如画。

我很开心在请别人帮忙的过程中，有那么一点点回馈的机会。但同时，突然间，自己却陷入了无限的落寞。

多久了，一个人的寂寥借着忙碌的工作来度过，为了润润，马不停蹄、四处奔走的日子也无法停歇。虽然很累，但我并不嫌苦。只是，有时我也希望夜深人静可以有个肩膀让我靠、旅游有人陪、我的忧、我的愁有人可以分担，我的喜、我的乐有人可以分享。

但这些对我来说太遥远了。润润的健康与工作的收入都环环相扣着，眼前我唯一的快乐就是看到她快乐，我没有伟大的梦想需要发光，也没有名利的方向需要追逐。不过就是平凡的人生，对我们母女俩怎么会这么难？

我收拾起感伤，帮润润快速地梳理换装，兴奋地拉着她到树林拍照、捡松果，心里怀抱着一个想法：今天千万别骂她了，一定要跟她留下美好的记忆！我不断告诉她，你真的比别的孩子幸福上100倍，能够在这样的环境读书，真的好棒。她还是只有一个字："喔！"

在热情的老板娘给了地图和指示后，我们出发了。我们原想绕着Lake Tohoe这个湖开上一圈，但地图上的这个名胜地点才一丁点大，要走完却得花上不止一天，我们于是决定半圈就好，毕竟还得按着学校规定的时间把润润送回去。

一路见了山澜壮阔、层峦叠翠的景色，走过落英缤纷、曲径通幽后的别有洞天，我们不断发出此起彼落的尖叫声，我不禁叹赏上帝造就万物的鬼斧神工。唯独润润的反应依旧温和平静，我以为是昨天宿舍的事让她一直有芥蒂，但也不可能呀！昨晚她还为欧阳说的笑话狂笑不已，欧阳还对着我说："看吧！就说你不要动怒，又白骂一场了吧！"

"妹妹，你看！你不觉得很美吗？"我试着跟她讲话。

"美呀。"润润很机械地回答。

"你不觉得很感动吗？"我继续努力着。

"有吗？"她毫无感觉。

"我们去拍照好不好？"我假装很开心的样子。

"好呀。"润润一样很配合。

"妹妹，站直别驼背，来，笑一个。"我还是强颜欢笑。

"喔！"她说完，然后表情很硬地露出白白的牙齿。

"妹妹，别这样对我，将来你长大后再看见这些照片，就会知道妈妈有多么爱你了。"我开始伤心了。

"喔！"她的表情是那么的无辜。

就这样，我在无奈的情况下，结束了她的假期。

真的吗？等她长大就懂了吗？现在我终于明白，为什么当时不管我怎么努力都没用，因为疾病已经让润润无法表达情绪了。有时笑起来一发不可收拾，有时哭了三分钟就没事，但大部分时候毫无表情。MLD有多恶劣，可见一斑！

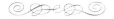

之后的七个月，润润跟我的联络越来越少，偶尔手机又遗失、电脑又摔坏，所以总会一段时间后就失去联络，总把Arthur与翰翰忙到天翻地覆。

每一次视频都是我问她答，她说最多字的一句话就是："妈妈，我好想你。"你问她100个问题也是一样，答案永远是肯定句：钱永远够用，衣服永远够穿，头发永远都说有洗，但看起来还是没洗。唯一让我放心的是，虽然没有朋友，但也没人找她麻烦。

她在那里的日子平淡无奇，也因为太无聊，她时常要我寄小说给她。慢慢地她看了很多书，坐在书桌前的时间越来越拉长，起床已经好叫多了，毕竟"专思达"与"利他能"都吃了那么久了。我以为一切都会慢慢好转，我快熬出头了。

遇到假期时，欧阳家人就把她接回来，由他们与一些姐妹轮番照料着，又是一番外型大改造后送回，然后下次再去接她时，又是一样蓬头垢面、指甲咬得面目全非。这期间还遇上了润润长头虱，我请Angela带她去把头发剪了，不然学校和学生家长都不会愿意让学生和长头虱的人住在一起吧！Angela的朋友Susan是名画家，也在旧金山开班授课，知道润润小时候画画还得过奖，但就连她都没办法让润润再提笔。

学校方面时不时就有新的账单寄来。Arthur起初很热心地帮我了解沟通，几次之后他气到叫我别再理会他们，看他们能拿孩子怎么样。也许是这学校的中国留学生太多太富有了，造成学校胃口越来越大：户外教学、旧金山到中国城交通费要钱、滑雪门票要钱、制服要660、教科书500、看医生1624……什么都要钱，而且这可是美金！美金耶！

当时不是都说好，这么昂贵的学费已经把各种杂费都包含在里面了吗？家长只要固定在孩子的户头里存入零用钱就好不是吗？真不知当时付了一年200万学费是不是付心酸的。学校的人还说，根据当初台湾医生的诊断，提到"除每日服药外，需配合定期追踪治疗"，所以连续两周都请心理医生来看她。请心理医生来，当然也要钱啦！

留学中心跟我都瞠目结舌了。我要求学校立刻停止带她看医生。"定期追踪治疗"哪个医生都会这样说啊！就算是小感冒，医生也会说"下周再回来复诊"不是吗？这不是叫学校连续两个礼拜都请心理医生来啊！更何况药品都是我从台湾寄去的，总不会还要我再付医疗费吧！每次看医生700元，看了2次1400，外加一条不知道是干吗的224元，天啊，

比看Lady Gaga演唱会还贵！这医生是金子做的喔？最妙的
是，我问润润，美国的心理医生真的很强吗？她被我问烦
了，于是回答："我又没看过医生，是要讲几次？"

搞了半天，原来他们所谓的"每周带医生来看她"，
其实就只是把她放到台湾学校所谓的"保健室"而已，好笑
吧！

为了孩子在那里能够平安顺利，我当然不敢什么都不
付，讨价还价后还是付了一半。后来他们跟润润要求，全套
滑雪用具不能用租的，要用买的，润润可以付现还能打折。
幸好我向来不敢在润润的户头里放太多钱，就算她全提出来
也不够付零头，加上那时的润润已经不敢运动了，我暗自决
定尽快让她离开那所可怕的学校。

润润在学校的最后三个月又失去联络了，我又在恐惧与
焦虑中过了一段时间。当然，留学中心、Arthur、宿舍管理
员Cecilia都被我不停打的电话烦透了。等到最后的一个月，
润润终于借了老师的电话打回来求救了。

又是一样的情况，这回不只电脑坏了，手机不见了，连
提款卡也早就遗失了。这也是她第一次问我，能不能寄点钱
给她。我问她，再过一个月就回台湾了，如果什么都不买有
没有办法再撑一个月？所有的卫生用品够不够用？洗衣粉、
洗发精、沐浴乳能不能跟别人借一下？学校有没有饮水机？
不买矿泉水就用杯子装吧！不是我不愿意寄，是怕直接寄到
这所恐怖的学校，会以各种名目为由而扣走，不然就是被同

学拿走。

她依然什么都说好，什么都没关系。

回国那天，Arthur送她上机前，给了她5个台币10元铜板，并用小袋子封好，告诉她，到了台湾中正机场，如果找不到妈妈，就用这钱找公用电话打给她，她一定会在机场等你，千万别再弄丢了。于是润润谢过所有送她上机的阿姨们，独自搭上回台湾的班机。

亲爱的家人们是最大的依靠与支柱，家族聚会总是让润润好开心。

润润生病后，家人都努力抽空陪伴润润、带润润出去玩，他们的关心让润润更坚强。

润润在这里!

10

为了迎接润润回台湾，我跟阿姨一早就起床准备了。这几天，我兴奋地在她的房间进进出出，看了又看，摸了又摸，想到精心为她准备的一切就很开心。

润润的房间是家里视野最好的地方。当初买这房子是希望她初中毕业后远离台北，到纯朴的杨梅重新生活。从她的房间一眼望去绿草如茵，重峦叠峰，只可惜五月油桐花开时，她还没回国，错过了满山像被雪覆盖上的壮观美景。

我很兴奋地催着阿姨带上润润最思念的小狗燕燕，一起去机场接她。她没有钱也没有手机，说什么也不能迟到，我得在出关时第一时间就让她看见我。燕燕可能知道润润要回来了，也开心地不停摇尾巴。

我们坐在入境大厅的第一排，看着机场时刻板的出发地旧金山，目的地台北，接着写"准时抵达"，我松了一口气。润润确定到达了！润润就要回家了！只要看见年轻女孩从门口走出来，我就紧张地站起来。有大半年以上没见过我女儿，不知道她现在是圆是扁，我是否还认得出来。

其实是我太紧张了！飞机才刚到达，可能连安全带都还没解开，怎么可能现在就出来？20分钟后，我的电话响了，一个陌生的号码，却听到润润的声音大声喊："妈妈！"原来润润还在机上排队，还未下机就等不及要让我知道她到了，于是她跟隔壁的阿姨借电话。

除了问她在机上有没有吃饭，我让她赶紧把电话还给人家，最重要的是提醒她要记得把随身物品带下机，别再像上次回来时一样，穿拖鞋下机，把运动鞋留在机上。

　　旅客一个一个走出来，快一个钟头了，还没看到她。阿姨很紧张，问我是不是没看清楚错过了？我虽然也紧张，但我了解润润，她一定拿不动行李，在行李输送带前，不断错过自己的行李，直到有人帮她为止。

　　终于，我看到润润了！我没有大声叫她，只用充满心疼的眼神看着她朝我大声喊妈妈，并且一路推着车小跑步过来。我很高兴，这一年，她平安度过回来了。但我一辈子都忘不了她说的两句话。

　　"妈妈！我好想你！"这是第一句话，一样的清亮，我紧紧抱着她。

　　"妈妈，这是Arthur叔叔给的，有50块，我有谢谢叔叔，帮我还给他。"这是第二句话，我跟阿姨都哭了。

　　"润润，你到底怎么过的，不是说衣服都够穿吗？为什么裤子这么短这么紧，你长高又变胖，难道不知道吗？鞋子一看就知道你是把脚指头缩起来硬塞的，这样不痛吗？大热天穿着羽绒外套，不热吗？怎么会搞到身无分文，带着50元从美国到台湾？都什么时候了，还顾着要我还钱，你不知道我有多痛吗？"我边哭边念着，心痛到快撕裂了。

　　我很后悔没让润润先到欧阳家停留2天再走，一心只想别再麻烦人家，就拜托他们从学校接了后直接送到机场，如果润润从欧阳家出发，至少不会让我看见她狼狈的模样，脸上却挂着天真的笑容。对一个母亲而言，是多么残忍的画面。

"你怎么能够这样对自己？怎么能够这样对待我？"我继续哭，其实最想说的是：怎么能够让我这么对不起你？

她看我伤心成这样，带着难过的口吻，淡淡地回答我每一个边哭边问的问题。眼镜为什么有裂痕？不是带了两副眼镜去，后来又寄了一副吗？怎么会戴破的回来？手表从不离手，连洗澡也不脱下来，怎么会两个也不见了？包包呢？皮夹呢？有那么多衣服，为什么脏兮兮的回来？皮肤、嘴唇为什么龟裂成这样？难道你不喝水吗？寄去的指甲药都没搽吗？为什么连手指关节都咬成黑色？我激动地哭着："怎么可以？怎么可以从美国到台湾，只剩50块，而且还是用夹链袋装着？怎么可以这样！"我在车上哭得肝肠寸断。

当我知道原因后，我更无法平抚情绪。原来润润都明白哪些东西是自己弄丢的、哪些东西是被拿走的：睡一觉醒来，正在充电的手机不见了；上完体育课回来，手表就丢了；皮夹虽然买了好几次，但放在背包里还是会不见……她不想追究，是因为日子平静就好，多一事不如少一事。没人理她没关系，不参加任何活动没关系，不想跟同学吃饭没关系，自己在宿舍狂吃零食更过瘾。不管怎样，她还是可以自得其乐，她觉得总比在台湾好，至少没有同学找她麻烦，也不会叫她蟑螂。

虽然当下我很激动，但现在回想起来，也许是她这种没有压力、随遇而安的心态，让她没有严重发病，不然不会在回国后五个月就一路恶化，面临跟MLD决一死战的状况。

阿姨听着她断断续续拼凑出的答案，也跟着一路哭回家。我想立刻带她去买鞋配眼镜，但润润坚持鞋子能穿，脚不痛；眼镜还不急着配，现在累了想睡觉。我这才想到经过一天的飞行，没人拿药给她，她也不会记得吃药，现在一定非常困了。于是我们只好帮她收拾行李，让她休息去。

两大箱的行李箱打开后一样惨不忍睹，还好我早有心理准备，这几年她早已不会折衣服，更不要说像小时候那样懂得分类收纳。她看不见脏也不是一天两天的事情了，只是没想到一年来，也没有因为我放手而改变。唯一不一样的是，在台湾时，衣服上的脏是每天打喷嚏的痕迹，而在美国，是长久下来，衣服脏了也不洗的痕迹。

内裤前后带了两打，只剩两件，内衣剩一件；带了这么多好衣服给她，就是不让她身上的服装起毛球，现在她却带了一堆不是我买的、破的T-shirt回来；袜子有很多，但凑不了一双；坏掉的笔、没用的垃圾占掉许多空间，连之后寄回来的一大箱行李也没好到哪去。

到底是谁跟我说："你看着好了，不用一年，出去三个月就会变得不一样，一年后再见到她，你就会觉得一切辛苦都值得了。"但是现在呢？谁告诉我为什么？

我不问润润怎么一回事，反正她也不记得或不计较了，回来就好，平安就好、在我身边就好。

隔天，我们开始一天忙碌的行程。除了所有衣物得重新买之外，还有所有家人都想看她。第一站当然是先带她去买鞋。当穿上那一刻，她松了一口气："哇！终于舒服了！"我的眼泪差点又夺眶而出。这就是她，凡事都告诉我没问题，但凡事都是问题；永远不会跟我要钱，拥有的时候很大方，没有的时候也可以将就着过，叫我怎能不心疼。

不过，她也不是没有进步，至少她可以坐在书桌前好好看书、起床不至于拖拉、走路也快了许多也会主动收拾餐桌。只是不知道为什么，这一点点让我误以为ADHD正在慢慢痊愈中的现象，会在这么短的时间里瓦解。

休息几天后，我们开始讨论下一步该怎么办？台湾高一的课程，她没有念到，2012年国教政策还没施行，这次绝不能再让她离开家里。最后想来想去，只能去考我们家附近的双语学校大华高中最为恰当。这所学校环境素质让人放心，润润又可以念她爱的英文，而且离家近，我又可以照顾她的起居、为她准备餐食，不怕营养失衡，那就最完美不过了。

几番讨论后，我开始为润润找家教或补习班奔走，当然，这个过程并不轻松。大华在八月初独立招考转学生，剩下一个多月，基测结束了，补习班不只结束了初中升高中课程，更没有高一升高二的补习，我只好转向找寻家教老师。

　　润润初中时的家教老师玲惠很想帮她，但她已经大四，学业正忙，只能拨出每周一天的时间，我当然不能占据玲惠唯一一天可以休息的时间。后来终于找到了我跟润润都认识的简老师帮忙。简老师原是初中老师，后来因为生病而退休，她特别可以感受到被疾病折磨的痛苦，也对润润当时的状况有所了解，每周有3天载润润去她的家里补习。她总告诉我润润是多么的乖巧，而且相当专心听她上课，问她哪里听不懂，她也没有任何问题。

　　其实润润回来后，话更少、更安静，"好……""对……"的尾音也拖得更长了，虽说不再像过去，连坐椅子也像屁股长了虫似的躁动，吃了药后一天的精神也都还不错，但她的反应越来越慢，大多时候喜欢一个人独处，我们之间的讨论已经是选择题或是非题的互动，否则无法了解她要什么。我心里头的狐疑越来越多。

　　润润没有补习在家的时候，大多都是静静地看书。我很惊讶阿姨的跟屁虫小狗燕燕，居然一直陪在润润身旁。燕燕向来骄纵，能不能抱它完全看它心情，我就被它咬了好几次，仿佛它是阿姨生的一样。后来在润润住院检查前的三天里，燕燕几乎寸步不离地守着润润，这也让我见识到动物与生俱来的感应能力。

大华的招考日子终于到了，这一个月来润润的努力用功与认真补习，都让我们彼此充满信心，但大华不是只有笔试，还有口试，这是我最担心的。我努力列出各种可能的问题，帮润润演练各种答案，希望她能顺利通过考验。

我想，他们口试会问的问题，无非就是"为什么要回国读书？""为什么想念大华？""你对未来有什么想法？"之类的问题，要冠冕堂皇的说法当然很容易，但要润润完整说出来何等困难！尤其想到润润回国读书的真正理由，心里又是一阵纠结。诚实地回答这些问题实在太难了！一直到现在，我最害怕回答别人的问题就是"你怎么发现润润生这种病？"我还是不知道该如何言简意赅。

润润的笔试结束后，我迫不及待地问她考得如何，没想到她竟告诉我，她一看到考卷就脑袋一片空白，全忘了。

"怎么会，你不是很认真读书吗？"我很诧异。

"对啊。"她很无辜地回答。

"可是你说你都懂，没什么问题呀？那英文呢？那是你的强项耶！"我想还有一点机会。

"也有很多不会写。"她仍旧很无奈。

"怎么会这样？是忘了，看不懂，还是没读过？跟美国教的不一样？"我一定要知道答案。

"不知道……"她又开始觉得讲话吃力了。

"其他科目呢？语文数学呢？有多少不会写？"我还没绝望。

"数学……几乎……全不会，语文……一半不会。"她一直很诚实。

"那你觉得下午的口试有把握吗？"其实我也知道答案。

"不行。"这点她很笃定。

"我们再试试好吗，就算没考上，我们也有始有终考完它，就当是练习对话也好，可以吗？"

"好。"她还是那么配合。

结果当然让我们失望了。但这次之后，我才发现，原来她连我寄到美国的所有小说，也全忘了内容大纲。重点是她全看完了耶！而且为了打发时间，还看了好几次！

我又再花了两天的时间，不断找寻其他高中职校，但没有一所不需要经过测试或转学考。如果按这样下去，润润记不住背过、念过的任何科目，考多少家都一样。最后，我只能想到最后一所学校：常春藤。

　　常春藤的校长Cheska与主任Linda都非常有爱心，他们曾经帮润润写过推荐信，也了解她为了严重的ADHD受了多少委屈才远赴国外读书，现在回来希望再回到常春藤。而且为了能让润润培养自信，我们愿意让她从高一再重新念起，这样他们就不用担心课业追不上的问题，因为高一的课业对她来说应该不会有太大困难才对。只是，念常春藤又要住校，我难免害怕。但至少这里不是美国，我可以每周去看她。

　　润润很高兴，也希望再回到常春藤。虽然又念一次高一，看见初一的同学会让她难为情，但她还是希望回到熟悉的地方。她不断告诉我，除了同学外，老师及Linda、校长都很照顾她，她有把握会表现得比以前好。

　　这两个月在家，润润在我们悉心照顾下，瘦了8公斤，每天吃非常好的益生菌，也很少打喷嚏，并且养成了天天洗头的好习惯。她说被我们盯着洗了几天后，突然觉得洗完头是件愉快的事，只是至今还无法把头发吹干梳整齐就是了。

　　上帝真的很爱我们。Linda本来很为难，因为学校高二生已经满额，只剩一个高一的名额与床位，但因为我们希望润润念高一，所以她还来不及说抱歉，我已经兴奋地让她知道一切正符合我们所需。于是，Linda立刻帮忙安排润润跟校长面试。

　　校长看着3年不见、稳重许多的润润，只有一个要求，就是得洗头。她的油性肤质只要一天不洗，就会给人邋遢的印象，他不希望有任何同学欺负她，他也会尽全力照顾保护她。太完美了！润润就是需要这种好心人帮助。

我们以为一切都解决了。我决定，这回无论如何再怎么辛苦，也要每周下台中去收取脏衣服，把烫好的衣服交给润润。我要她改头换面，要她有朋友。

第一周去看她还好，第二周去看她也还可以。第三周、第四周……她的健忘越来越夸张，学校规定禁止家长进出宿舍，我们只能在会客大厅跟她见面并且交换衣服，但她拿东西下来往往就要分好几次。第一次，空手下来："啊！忘了"；第二次，拿书本下来："啊！拿错了"；第三次更夸张，上去后人都忘了下来，我以为她是故意的，让我们在会客室傻等，然后又挨我一顿骂。

第二个月第三周，星期五，忘了是什么连假，可以回家三天，也是润润在回常春藤就读后，第一次回家。我并不担心她独自搭高铁，因为初一时，她已经独自搭过好几次，虽然从没有同学跟她结伴同行，但她也习惯一个人了，从乌日到台北火车站，再从火车站换捷运到新店外婆家，等我下节目去接她。

她从未失误过。我说过，她的方向感从小就很强，更何况她已经高二了。

"母女连心"这句话，在这天我感受得真真切切。

11

　　那天五点多，学校同学大概都走光了。润润动作慢，最晚离开学校也不奇怪。晚上六点多，润润跟我通电话，说已经搭上计程车往高铁站去了。七点多，跟我母亲通电话，已经上高铁了。七点半她的外婆再次与她通话，确认知道台北车站下车，知道如何转捷运，预计19：55到达火车站，20：55前到达外婆家。

　　同时间我在摄影棚准备晚上的节目。20：55，距离开录时间只剩5分钟，从没有心血管问题的我，突然心跳加快，快到无法呼吸。我告诉制作人，我不行了，快死了，一时间已无法说话，大家立即上前采取急救措施。制作人福良马上请示领导荣安哥，当下荣安哥也立即指示停机，改播别的带子。到了21：03，我的状况稍稍好转，已经能够站立说话，我马上要求立刻进行现场录像。再怎么样，厂商准备了那么久的节目，备了那么多货，如果因为我而造成损失，我会更难过。就这样，虽然我还是不时心跳加快，但还能使尽所有吃奶的力气说话，节目在有惊无险中度过。

　　到了22：40，我的心跳始终没有恢复正常。虽然几次快要休克，但总算完成了最后一档节目。我没有听大家的话马上去医院，只急着要到妈妈家接女儿。

　　"什么？还没回家？怎么可能！快11点了，怎么可能？"

润润的手机从晚上八点多就再也打不通了。她没有朋友，还能到哪？我的头皮发麻了，大家已经急得像热锅上的蚂蚁。我终于明白，今晚为什么我身体会有这些状况。

为了让润润随时可以与家人联络，我请妈妈跟妹妹们都在家里等电话，妹夫跟我负责到捷运站去找。再过半小时如果还是没消息，就马上报警。

快12点了，在我们互相联系，确定还是没有音讯、准备报警的同时，电话响了，一个不认识的号码。我的心都冻了，润润该不会被绑架了吧？电话那头是一个陌生男人的声音："不好意思，我在龟山的山上捡到一个女孩，三更半夜在山里头走，我就问她要不要搭车。她说这是她妈妈的手机号码，你要不要自己跟她讲？"

"捡到？"我的心理存疑着。

"妈妈！""润润！"电话的两端同时出现我们彼此焦急害怕的声音，我又哭了。

问了一堆后，还是一样得到"不知道"的答案。在确定她身上没有伤、衣衫也完整后，我要润润立刻把电话交给司机，除了跟司机约好见面地点外，已经忘了我究竟说了多少次谢谢，包了多少红包给他。

原来润润的手机没电了，而且她在桃园就下车了。至于为什么被载到龟山，她也说不出所以然来。也许跟她身上只剩两三百块，司机知道不够坐到新店也有关系；也许她自己语焉不详，司机觉得载到麻烦的客人也有关系，总之她被放下来后，看到有山的地方就以为回到了自己的家，没想到越走越暗、越冷、越饿……第二位好心的司机在龟山的山上，看见她独自在山里头行走，风很凉又带点小雨，她边走双手边交叉抱着自己，所以他觉得很可怜就停下来问她了。

在跟我的母亲报平安后，除了我们母女俩一起哭外，我母亲也来约定的地方一起等润润归来，边哭还边交代我，等会儿看到她，千万别骂她，只要赶快带她去吃饭就好。

这件事情在我和我的母亲心里都留下深深的阴影。我们怕了，我决定以后请学校帮她包计程车回来或者我去接她回家。只是没想到，再也没有机会，因为她很快就进医院了。

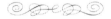

那天晚上过后，润润感冒了，然后病情就快速恶化了。现在回想起来，林医生有和佳萱妈妈说过："记得，千万别让她感冒，不然会退化得很快"。这句话说得果然没错！

从那晚感冒后，所有我以为"有进步"的行为，都退化得更严重了。润润常在电视机前频繁地晃来晃去、拿着遥控器一直转台，起不了床，也定格得更严重。别说收拾餐桌，她连端餐盘也没办法。三个星期内，就不知掉了几次手机，幸好我帮她贴了姓名贴，大家都知道她是严重的ADHD，几次掉了手机，都有不一样的同学在不一样的地方捡到交给老师。Linda开始跟我讨论：这跟她带过的ADHD孩子不一样，状况也比初一时严重，是不是该再详细检查一下？

才讨论没多久，润润就发生在宿舍失禁的事情了，我们将她送到医院检查，才终于发现她得了MLD。至此，短短三个月的台湾求学生涯成为润润到目前为止，最后的学生时光。

12

2013年12月4日 住院第四天。

站直了，终于站直了！

润润一直长得比同学高上许多。四年了，她驼背越来越厉害，虽然我用尽各种方法：拍她的背、防驼背心、整骨……但都没有效。到后来，我一直觉得是因为没有朋友，所以没自信。

现在看着170厘米高，亭亭玉立的女儿站在眼前，我开始想象，如果到了她结婚那一天，她会是多美的新娘，我会多么地不舍。

接着，她开始会随手关灯了，走路时不会再让点滴线缠绕在身上了，擤完鼻涕的卫生纸会丢在垃圾桶里了。最重要的，她可以跳了！她可以原地跳跃了！别人不再会笑她，高有什么用？不过是一点运动神经都没有的笨蛋。

这一天傍晚开始，润润的反应变快了，我们可以对答了。

我说："既然右手要用汤匙，就不该筷子汤匙一起拿，先把筷子放下。"

她回："放下，放下屠刀，立地成佛。"

我说："拿笔写字，为什么要翘小指？把笔握好。"

她立即答："翘小指是公主的行为。"

我说："该睡了，夜深了。"

她回："夜深人静，夜长梦多，还是不要睡太久比较好。"

我们的对话不再只是我一味的要求与润润惯有的慢慢回答："好……"我的开心绝不是看着牙牙学语小孩的进步那种开心，而是期待着润润能有青少年该有的无厘头或是调皮机智的开心。

没有经历过的人，体会不到那是多么错综复杂的心情，我跟阿姨越是开心地尖叫，内心里就越是自责。原来我对女儿是多么的亏欠！她这些无法控制的行为，竟然被我骂了四年。

幸福，原来随手可得，但我们却在拥有时不珍惜。这些点点滴滴芝麻绿豆的小事，对于一般父母，是那么理所当然，但对失去健康的人来说，是那么难能可贵。尤其对一个曾经拥有而失去，失去又再拥有的母亲，那样的喜悦，完完全全无法形容。我激动到只想立即拿起麦克风昭告全世界，一起欢呼同庆。

12月5日

·走路变快了

·不再用脚尖小心翼翼地走路，可以脚掌贴合地面了

·玩组合游戏不再只用一只手，可以双手同时使用了

·早上刷牙定格时间从20分钟减为5分钟了

12月6日

·更加抬头挺胸了

12月7日

·看得到脏了。会嫌眼镜脏了、衣服沾到酱油了，挑剔
饭粒掉在桌面了……

·吞咽进步，可以快速吞药、喝汤了

·写字变快了

·走路更快了

12月8日

·会跟我聊天了

·右脚可以跳22下，左脚只有7下

从此，记录润润的进步，成为我最开心的事。每天听到润润唱歌，成为林医生巡房时最开心的事。

林医生为了测试润润的记忆与肢体，都会出不一样的功课给她。第一个月除了跳跃外，也希望她背住诗词。润润为了每天早上如临大敌的巡房，想了一个变通的方式：背不了诗就唱歌，用她小时候最厉害的背歌词专长，唱流行歌曲给林医生听。

一般人对于耳熟能详的歌曲，最多只能唱副歌，而要润润一天背完一首歌词，特别是我那个年代的歌，尤其为难。可是她却很努力，从王菲的红豆唱到梅艳芳的女人花，她都乐此不疲，因为林医生总会带着一群护士当听众，加上他们俩之间越来越有默契的互动，病房里总会充满掌声与欢笑声。

该出院了，第一个月的治疗结束，林医生跟我都为润润的大幅度进展雀跃不已。但出院前，林医生半带着期许地说："观察看看她能撑几天，这样的治疗不长久。虽然是每月回来一趟，但她的进步真的很大，也是目前为止效果最明显的孩子。也许她不会退化得那么快，下个月回来，如果是进步五分退三分，那都还是进步，或许不久后可以一个半月或两个月再回来。"

"撑几天"？我马上被当头棒喝。我还沉浸在润润进步的喜悦里，我还准备带她去台中看同学，去跟家人吃饭一起庆祝，我从未想过她会退回去，或许应该说我还不愿意承认会再退回去的事实。我不要！千万不要！好不容易失去又再拥有的一点点健康，怎么能再失去？叫我怎么承受？

"如果我在察觉她退化时，赶快回来再住院可以吗？"我焦急地问。

"虽然其他孩子在吃药治疗一两年后，都未发现肾脏受损，但如果过量的治疗还是会影响到肾脏。肾脏一旦无法发挥代谢功能，身体就会持续地退化。虽然只是控制病情，但润润也许可以撑久一点，请你乐观一些。"

"吃药会伤害肾脏的话，到底要等到什么时候可以基因治疗？"我又来了。但林医生也没办法回答这个问题，只能默默地摇头。

我很佩服林医生怎么能够习惯面对我们这些张牙舞爪的家属，可见得医者父母心的慈悲，他真的具备。

　　隔天，我们依照约定前往台中常春藤收拾行李，一路上看得出来润润的忐忑不安，偶尔也会露出浅浅的微笑。她说她很兴奋，也很害怕。

　　没想到一请假到现在已经一个多月了。她特别拜托我，可以说她生病了，但别说出她的病名，因为不想让同学知道她以后会变成电脑里说的那样。

　　"我不会让你忘记妈妈，更不会让你倒下，以后别说这种丧气话。"我立即阻止她。

　　"那你可得赶快找个男朋友，以后我没办法照顾你。"润润仍然不管我有多么不愿意听。

　　我含着泪一边开车一边不断为她加油打气。我知道这时的她回到17岁了，只有回到17岁的她，会渴望跟同学一样，也才会担心我孤单。

　　学校在这天举办了喜憨儿音乐会。透过喜憨儿卖力的演出，让这100多个贵族孩子看见了不一样的世界，也同时教会这些未来的留学生更加惜福。我们到达时，音乐会已经开始了，大家纷纷回头偷看久违的润润，润润很害羞，马上再回到天真单纯的她。

最后一个节目结束了,校长上台说了一段感人的话。虽然我的英文不好,但大致了解他的意思:"圣诞假期即将开始,大家都知道我们学校有位同学Claire生病了,而且是严重的疾病,现在她必须暂时离开校园,继续跟病魔奋战,我们相信靠着主耶稣的慈爱,她会更刚强,也期待她早日康复,尽快回来跟同学们一起读书。现在我们一起欢迎Claire的到来,祝福她更健康,圣诞快乐。"

我哭了,谢谢学校的安排,润润的确需要友爱。但润润像个孩子似的跑上台,领完奖品就立刻冲下来了,连敬个礼、鞠个躬致谢都没有,就害羞地跑过来我身边。我看着台下这一群年轻人,心里百感交集。我曾经幻想过的画面,是坐在台下分享润润高中毕业的喜悦,而不是这样的情景。

会后,学校安排了校内合唱团在我们母女俩前演唱,并播放精心录制的影片。影片里搭着感人的歌声,是各年级学长姐及各社团学生对她的加油打气。我看着又想着,两个月前到六福村户外教学时,没人跟润润一起行动,她独自落单

在六福村里瞎逛，而且忘了集合地点与时间，最后同学在艺品店找到她，个个气急败坏。再对照如今的景象，就像一个快乐的小学生混在成熟的高中生里，那样地不协调。我不禁悲从中来，哭到泪如雨下。健康，对一个孩子何等重要！

　　欢送会在同学们跟润润——拥抱道别与拍照中结束，润润的快乐溢于言表。离开前，我们到宿舍收拾剩下的行李，同宿舍的室友哭得非常伤心。其实，我一直知道润润的心意。她很想对室友们说："没事的，我没怪过你们，那是因为你们不知道。谢谢你们曾经照顾我。"润润终于圆了她拥有很多朋友的梦想。

　　我在回程途中，再次在心中的计划表上打个勾。我要抚平她心中所有的痛，再复制所有最快乐的回忆。不只高中、小学同学会、还有初中……

13

出院后，我如履薄冰地观察记录着润润的状况。就算是在上班，也要像在医院时一样，每个钟头定时打电话回来问。差别只在住院时会听到好消息，出院后生怕听到坏消息。

出院后第一天

·用餐拿碗筷很稳，有进步

·好好地坐着看电视，不会走来走去，或狂按遥控器转台，有进步

·脱下的衣服都是正面的，不再是反面朝外的衣服，裤子也不会垂直脱下用脚踩，有进步

出院第二天

·刷牙速度变快，有进步

·上下楼梯也变快，有进步

·交代上楼拿东西的事也都记得了，进步最大（润润过去一旦走到楼上，就忘记要做的事，总会空手下来）

出院第三天

·可以自己盛饭盛汤

·发消息时，字不会断掉了

出院第四天、第五天……

我持续记录着。往往润润做到的事情，总让我惊觉自己过去是多么可恶。她真的不是懒，而是她做不来。

正当我内心隐隐自豪着，润润还在持续地进步时，手机响了。电话那头传来阿姨急促的声音："早上坐在浴室地板上好一会儿才起来，然后带她出来爬山，越走越慢，现在看到楼梯，她说不敢往下走了。"

我快崩溃了！我惊慌地冲到厕所边哭边发消息给林医生。怎么会这么快？不是才一周吗？昨天还有进步，怎么说退就退了？我好怕！真的好害怕！看着润润前一天才发给我的消息："妈妈我好想你下节目几点"即使没有标点符号，我也很高兴，再想起过去一句话要一个两个字分好几次发出，我除了哭，还是哭。我知道林医生已经很努力想办法了，但此时他也只能打电话告诉润润：加油！休息一会儿再试看看，一定做得到的。

我这时突然想起华佗扶元堂的朱董，前一阵子为了我们母女俩，到处帮我们找寻可以治疗的中医生。后来他要我一定得去找一位退休的简医生，只有他拥有老祖宗传承下来的一个方子,虽然很贵,但他有让不少脑部重大伤病或昏迷的病患醒过来的经验。可惜简医生个性比较特立独行,不是每个人他都愿意看。没错,我们就被他拒绝过!他觉得从没遇过这种棘手问题,没把握的事他不做。朱董为此求他很多次,后来因为住院,这事情就搁下了。

我振作起精神,立刻要了简医生的电话地址,怕开车找路耽搁时间,拦了计程车就过去找他。此时此刻不管何种办法,人有多难搞,我都要试试看,只要不让我女儿再退回去,叫我跪着求他都可以。

见面总是三分情。简医生其实心很软,他不是不帮我们,是怕帮了却徒劳无功,反而让我在体力与金钱上不断消耗。

看在我是一位救女心切的母亲分上,他还是把药给我试试了。他告诉我:"八天的量,要三万!而且已经很便宜了,一般得收四万多才行。"

我有没有听错?再次确认数目后,我还是坚持一定要拿。怪不得简医生担心我负担太重。如果没有作用或者只能维持现状,长期下来怎么办?一个月下来,光中药就要十多万。但我哪里能再想这些?维持现状就有希望,不试怎么会知道?

两天后,中药也发挥效果了,感谢主!润润慢慢恢复了,我再次重复测试跳跃、刷牙、洗脸、走路、说话速度。

这一周跟在医院最好时一样。后来问了简医生，那两罐乌黑的药粉到底是什么？他说："老祖宗的智慧，有时是我们讲究科技的年代所无法理解的，麝香、熊胆、琥珀、牛黄……"反正有用就好，我也只是求心安的。

之后的日子，我的心情就像洗三温暖一样，时而看她好、时而看她坏。有时候早上反应很慢，下午渐入佳境；有时还是会驼背，但偶尔也能小跑步；有时洗脸会边洗边照镜子发呆或玩水，但购物时却会贴心地主动提东西；有时遇到红灯，她会在驾驶座旁帮我打空挡，因为她说她突然想起来，我曾说过一直踩着油门很浪费；日记依然一两句，但说话已较有逻辑；可以上下楼梯，但需要抓着扶手；搭捷运终于没搞丢票币，但还是只能用一只手吃饭。

就这样，我跟阿姨时时处在拉警报的紧张状态。每天早上起床第一件事，就是冲去确认："妹妹，你OK吗？"只要润润下床看着我回答"OK"，我就心满意足地放下心中大石，因为这OK两字，代表着依然可以说看听。

我问她有没有想去的地方，妈妈会努力陪她看尽千山万水。

以前，我总会在辛苦一年后，把所有积蓄拿出来全家去旅游，即使这个家的成员只有二人，但我们依然制造出许多美好的回忆。

我要她努力回想起曾经一起去过的足迹，韩国、泰国、荷兰、比利时……的点点滴滴，并且承诺一定要在有生之年带她环游全世界，等她身体好了，陪我去看极光，这是妈妈最大的梦想；等她身体好了，陪我再去搭游轮，一个人去爱琴海没意思，润润没能一起去是我最大的遗憾。说了这么多国外的地点，没想到润润的回答是："高雄。"

她说她想去高雄、台南看亲戚，所有舅舅、阿姨……她都一一点名，她还想回花莲看外曾祖母，就是我的外婆。她想跟她拍张照，只要这样就好，其他哪都不想去。亲爱的女儿，有时，妈妈真希望你不要回到17岁的智力。我知道你在想什么，但我舍不得你悲观，不愿意你离开，虽然我依然会圆你的梦，可是你千万要有斗志啊！

就这样，我们上路了。只要她偶尔回到17岁的智力，就会贴心地陪我说话，生怕我一个人开车太累，开太快时会提醒我放慢速度，需要提神时帮我拿咖啡。

那几天，亲戚们都以她为主，她想吃什么、喝什么，大家都配合，捷运搭到一半想上厕所，姨婆可以带她立即出站，再重新买票进站；每次约定好要出门，都因为她而拖延，但大家还是表现得兴高采烈；他们到庙宇祈福，表妹就写祈愿卡挂满整支梁柱，为的就是建立润润的信心，让她知道她是最棒的。

这场战役虽然辛苦，但谢谢一路上帮助过、付出过、用心过的亲朋好友。因为你们，润润更好。

润润在林医生的第一次治疗后，虽然偶有小插曲，但再配合简医生的中药，大体上是进步相当多的。过去买给润润的包包，她从没用心保管过，甚至不记得她曾经拥有过什么款式、什么颜色的背包，但这次在义大买的小熊背包，却时刻都带着，一直到现在，走到哪遗失到哪的情况，就再也没发生过了。

我跟上帝祷告着，如果因为治疗后，才能拥有情感而懂得珍惜，那么请让她继续展现奇迹、让她珍惜生命、让她真切感受到妈妈有多么多么地爱她。

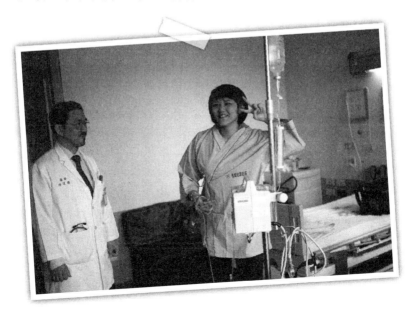

14

从义大回来后，距离第二次住院已经剩下没几天了。我还有件事没完成：初中同学聚会。

感谢主！刘老师来电了，班上同学约好周末在学校集合。刘老师真的办到了，谢谢您！我没有告诉润润这场同学会的前因后果。一开始她很抗拒，不愿出席，但我不断鼓励她："你现在不一样了，变干净漂亮了，应该让大家刮目相看。"

"就算这样，他们还是会说我脏。"她还是不想参加。

"是啊！你们这年纪都超爱面子。相信我，他们一定不会说你脏，但是他们也绝对不会夸你，只会私下叽叽咕咕地说'她怎么差那么多？'然后就换你别理他们，抬头挺胸、骄傲地回家，好不好？"润润终于笑出来了。

那天开始，润润在既期待又怕受伤害的日子中度过每分每秒。约定前一天，她还问我有没有美白的洗面乳！我好高兴，我等这一天很久了。我的女儿终于爱漂亮了！

到了约定的日期，刚好得带润润去简医生那看病。虽说是昂贵的独家祖传药方，但简医生还是坚持先让他看过才配药。原因无它，简医生希望持续看到润润的奇迹，能将药帖成分降低配比、重新调整。他很担心长期下来，会把我的经济拖垮，尤其华佗朱董和我们公司的赵董都特别安排饭局，请他多帮忙，简医生说他的压力好大。可是润润的病情的确控制住了，我怎么也不敢停药。拿药看诊对我们而言，是件大事。

两件重要的事都不能延误跟改期，我只能不断赶行程，从杨梅到板桥，从板桥到台北，已经数不清多少的日子都在飞奔来飞奔去。还好这天不用上班，我一路跟刘老师通话，拜托他跟同学说一声，请再等等我们，就快到了、马上到了，就怕任何同学等不及先离开。

到达时，刘老师已在校门口等候很久了，同学也早把网络上关于润润的故事传阅完了。我不知道他们之间即将有什么互动，我也很紧张，但我选择再次放手让润润独自参加，这样她才能感受到同学最真实的表达，更何况还有刘老师在，我不需要太担心。

总算赶到现场后，我把润润交给刘老师，并拜托他这几个钟头帮我好好照顾她，千万别吹到风感冒了，手机一定要帮她拿好。我就在附近喝咖啡，如果润润因为紧张而有任何慢动作或定格，我会随时赶过来。我的心里依旧不断嘀咕着："妹妹，撑住啊！维持现状就有希望。"

润润见到刘老师，就像那天在医院看到吴老师一样那么开心。大家都到齐后，同学们转往附近一家速食店聚餐。时间一分一秒地过去，我紧张不已。我并不是害怕同学们的态度恶劣。人性本善，更何况当时他们并不知情啊！我是担心反而弄巧成拙。如果润润还是没有放下呢？如果她还是觉得自己是他们口中的蟑螂呢？会不会停止了眼前所有进步而继续退化呢？斗志，有那么容易创造吗？

两个多小时后，终于接到润润的电话了："妈妈！我好高兴喔！今天大家都有跟我说话耶！我真的好开心喔！"

我落泪了。她一口气讲完这么多字，她的快乐从电话里就听得出来，可见我做对了。

"同学都跟你聊些什么呢？"我试图让她多说一点。

"嗯……我也忘了，但是大家都对我很好，我好开心喔！啊！想起来了，还有人跟我说，他是混蛋！"润润自己也笑了。

"那你怎么回答呢？"我继续问。

"我不知道要回答什么，就随便他当混蛋。"这次换我笑了。

"没有人跟你道歉吗？"我很好奇。

"没有，只有那个谁，还有那个谁说：喂！拍ㄙㄟ（对不起）啦！"我笑得更大声了。

润润开心，我的内心也跟着澎湃汹涌。够了，这样就够了！我相信这些同学都是真心的，没有人是演的。即使润润记不起细节，但她有感受到大家的善意。她的结论"大家都对我很好"已经证明一切，学会放下就是原谅的开始，学会原谅就是快乐的开始。一切遗憾都结束了，我衷心谢谢同学们，谢谢刘老师。

我告诉润润，要相信自己真的很棒，但在哪里跌倒就要在哪里爬起来，于是我决定不到学校去接她，反而跟她约定去松德路以前住过的地方。

从松信路走到松德路，这段路她孤独地走了两年，应该是再熟悉不过了。这次，有了同学的加油，她更充满自信地告诉我：相信她！她绝对可以自己走回来。

但润润还是迷路了。15分钟的路程，她走了一个半钟头，只是这回她紧紧地把手机握在手中，不时地告诉我她的所在地，却又仍旧坚持不要我接她，她一定可以走回来。就这样润润几乎把整个信义区走了一圈，当我们见面时，大老远就看见她笑呵呵地走向我。她，我的女儿润润又做到了。

这一晚，润润在体力上很累，但在心灵上却很富足。我相信中药和西医都发挥了效果，但爱与斗志的力量，却可以创造无限的奇迹，她不只记起了所有同学的名字，连同座位号也一并想起来了。

　　我的两个妹妹采蓉、佳惠跟润润感情特别好，但平常我们这些姐妹很少来往。大姐生完孩子就回去了，采蓉和佳惠都是小康家庭，也是全职的家庭主妇，各自要照顾老公、小孩。虽说没能帮上我什么大忙，但每月也都会跟家人带着一堆水果来看润润，有时假日他们全家出游，也会特别来带上润润一起同行，我也可以趁此时休息一下。每当有人问起我：家人不能给你经济支援吗？其实姐妹之间这些无声胜有声的关怀，就是最大的帮助与支持，已经很够了。

　　就像采蓉，在润润确诊没多久后，就瞒着我发了一篇润润的故事上网。后来这篇文章不只被大家转载集气，还有了英文版出现，短短几天破了十万笔以上的点阅率。虽然当时我看见后泣不成声，要求采蓉删除，但也因为如此，远在得州的Happy Hill Farm学校（之前润润留学的第一所学校）也知道了，他们相当难过，立刻召集了全校为润润祷告，并且请托惠安留学中心，转答他们深深的祝福之意。在润润第二个月住院时，这些祝福意外地给了润润相当大的安慰，也在我为润润的圆梦计划表上，再次打上一个勾勾。

　　这篇文章影响力不只如此。几个月之后，林医生要求我试着让润润上学，以维持生命的延续做基础，不以课业为主，让她有同学可以互动、只要脑袋持续运转，对润润病情就有帮助。

这事在进行时并不顺利。我只能找住家附近的学校，但何其容易？每一通电话还没说完润润的情况，就被基础校务人员拒绝了，更不用说给校长知道。后来我把范围拉宽到整个桃园县市，一样有各种理由被挂电话。我急哭了，最后跟永平工商联系时，突然想到这篇文章，于是我不再解释，请辅导室庄主任先上网查看，才有了跟校长见面谈、五月底有可能入学的机会。采蓉的这个意外举动给了我们不少帮助。

难能可贵的是采蓉的儿子小黑皮，他才7岁，为了润润表姐哭了好几次。在没找到林医生治疗前，我们都以为天要塌下来了，一个7岁的小男孩跟一个17岁的大女孩凑在一起，看着小男孩总把自己的食物、玩具都让给表姐，客厅里最好的位置给她坐、遥控器给她用，连出门遇到下雨，也先把伞给她。我看着这对没有任何交集的表姐弟，心里百感交集，因为润润也曾经跟小黑皮同样年纪，一样是那么的贴心善良，也一样每天叽里呱啦地说个不停。

后来遇到林医生，小黑皮三天两头问采蓉："妈妈，林医生到底什么时候把姐姐治好？你们这些大人可不可以叫他快一点？"有一回，学校老师要小朋友每人带一张照片，上台介绍照片里的家人及故事，小黑皮先是跟采蓉拿了与润润姐姐的合照，才练习说了第一句："这是我表姐，她很漂亮、很乖、很孝顺，可是她……"然后就大哭了起来："妈妈，我可不可以换照片，我没办法讲润润姐姐……"

我很欣慰我的妹妹们都让孩子从小就学会爱与关怀。我相信在他们的成长过程中，不仅不会欺凌同学，还会主动去帮助这些困难孩子。他们都会有健全的人格与美好的品性。

很多人问我：再让你选择一次，你还愿意未婚生子吗？

我的答案是：我还是要润润当我的女儿！但我不会未婚生子。因为这一条漫长艰辛的旅程，一路披荆斩棘下来，伤痕累累的不只自己，还有孩子。

我相信每个罕见病孩子都是天使，他们都有上帝交派的任务，让我们学会人生太多的功课，也学会拥抱生命、珍惜拥有。而上帝说："我所给你的，一定是你承受得起的。"没错，如果不是润润，我不会懂得疾风劲草的道理，我的一切努力、一切奋斗都因她而起，我的人生也因润润而圆满丰富。

润润是上天赐给我最最最
珍贵的礼物

15

12月30日。很快地今年要过去了，过两天就要再回医院进行第二个月的治疗。

润润看我收拾完行李后，又为家里三只猫与一只狗在这十天中分开寄宿的事开始联系张罗，突然哭起来了。

"怎么了？女儿。"我着急地问。自从病发后，要她难过到哭起来不是件容易的事。

"你好辛苦，真希望这是梦一场，睡醒之后就变健康了。"我听得出来，她回到了17岁该有的情感了。

"不辛苦、一点也不辛苦，我很高兴你会这么说，你的贴心回来了。看你进步这么多，我非常开心，我们不要想着住院，就想着去度假，不要哭。"我抱着她哭，却叫她不哭。

这天，我趁着她进步很多，赶紧再教她戴隐形眼镜。这个动作是指标，结果戴上去花了一个钟头，拿下来花了20分钟。没错，她还在进步当中，比起以前半天也戴不上去要好多了。

隔天，跨年夜，我们都在电视机前守着，当倒数完烟火爆开的瞬间，我抱着润润大声喊着：健康痊愈！

如果那一刻的愿望能实现，我希望全球几十亿人的"新年快乐"欢呼声中，上帝能听见我这母亲微小的、不一样的呼喊，让润润的身体心灵都随着新的一年拥有全新的生命，阿门。

又回到医院后，林医生的眼神充满怜惜："都退化回去了，对不对？"

"林医生，没有耶！她维持住了，不，应该说她还进步了一点，现在她已经可以用双手擤鼻涕，也可以自己搭配衣服。刚才在大厅，都是润润带着我们上来，我早就忘了电梯在哪里，她的方向感又变好了。"

"怎么会这样？"林医生的眼神有了光彩。

"不瞒你说，那天她无法下楼梯之后，我真的没办法接受，就让她吃中药看看，结果控制住了。"我把事情的始末全告诉了林医生。

本来担心西医向来反对中医，但为了林医生能掌握状况、控制剂量，我一定得让他知道。没想到林医生不但没说什么，还跟我要了一点点："我拿去研究看看究竟是什么成分可以帮助控制，也许西药也可以试试，顺便看看有没有重金属，只要安全就先这么办，能控制就是好事。"这样的仁心仁术，让我们越加崇拜他了。

很多人问我，究竟西医、中医哪个有效？我只能说这是相辅相成的效果。如果不是林医生的治疗方式，润润不会看见曙光，就是因为她有大幅度的进展，才有简医生的药接着推波助澜。西医对症下药讲求速度，中医追本溯源要求根本，没有哪个绝对有效。最重要的是，患者要有强烈的意志力愿意配合。

感谢我的女儿，谢谢你的配合，妈妈知道你很辛苦，要爬山、要复健、要动脑，还要吃很多药。但你很棒，做得非常好，才会屹立不倒到现在，加油，妈妈永远爱你。

住院后，虽然润润暂停服用中药，可以稍稍缓解庞大的开销，但是问题又来了：住院病房。

台湾健保的完善是世界之最，我从未想过要为润润买保险，就是因为凡事为她想，加上自己爱旅游，所以买了一堆险种，准备将来留给她。

可是经过上个月的折腾后，我决定改"包床"，就是住两人房，但没有另一位病患住进来，一天自付额3500元，比起中药也没便宜到哪去。现在才知道，原来有很多疾病是完全不能被感染或传染的。尤其是罕病病患，他们没有本钱感冒发烧，打个喷嚏就退化呆滞、动作缓慢，顾着润润就像在顾颗鸽子蛋巨钻一样的小心翼翼。阿姨得全天候照顾她，我得在上班之余陪伴她，加上工作压力，每次听到阿姨睡躺椅所发出的叽叽呱呱的声音，我就彻夜无法入眠。后来隔壁病床来了位发烧拉肚子的孩子，润润还没被传染，我就先开始喉咙痛了，最后只好选择包床，阿姨睡沙发，我去睡隔壁病床。

住院不久，我告诉林医生，润润上周癫痫得厉害。果然林医生的注射疗程开始没多久，润润就不再发作了。所谓癫痫，一般人从电视上看到的剧情都是口吐白沫、全身抽筋，后来才明白，润润偶尔像打个寒颤似的抖了一下，也是癫痫的一种，每次问她"会冷是吗？"她也总回答"应该是吧"，所以这几年润润的癫痫就完全被我忽略了。

在这次的疗程里，润润依然有明显的进步：讲话更清楚了；已经可以简单地讲解电视剧情了；就算时间不久，也能够静下来看书了；日记从一句话进步到有逻辑的一小段叙述；很多中文字与英文单词都想起来怎么拼怎么写；反应变快，会主动开玩笑；会记得我交代的事项了。而最大的突破就是听力变好，可以端餐盘，突然觉得自己长得挺可爱。

这几年，润润不是只有视力逐渐减退而已，说话也越来越大声，知道MLD会无法看听说之后，曾让我自责了许久。这次的疗程中，她讲话变小声了，听力变好了，连病房外护士之间的对话，我们没听见的，她全听得到。有一天梳洗完从厕所出来后对我说："妈妈，其实我长得挺可爱的对不对？"

"你怎么了，你一直长得很可爱呀，只是你没有自信而已。"

"妈妈，现在看你，突然发现你好漂亮喔。"

"你到底怎么了，你以前看不见我吗？"

"看不见啊！"润润自己都觉得好笑。

原来这可怕的MLD可以操纵人的大脑，让人失去情感，视而不见、听而不闻、食而无味。

出院的这天，我们在医院餐厅吃饭。依照惯例，润润点完餐就会去位子上等我端餐食过去。突然润润说"我来端就好"，然后稳稳地、完全没有倾斜、快速地把餐盘端到位子上了。我尖叫着，也不管多少人在看，就叫润润再做一遍，拍下来传给林医生看。

当然，也不是每件事都是完美的。就像这回打针，润润的手已经没有地方可以插针了，不管打哪里，没多久后就开始肿胀，有时肿起来的程度像是整只手快爆开一样。林医生不断交代，回去一定要做手部复健运动，如果血管持续不明显，下个月就必须在胸口开个洞做人工血管。我当然不愿意做人工血管，但还是心疼她回家后又多了一样复健工作。

还不只如此，林医生又有新要求了："回去之后，能不能先暂停中药？我得测试这次她身上的酵素能够撑几天，让她在几天内不退化。"

"一定要吗？没有别的方法吗？"我真的不愿意。

"先试试，不行再说。这对接下来的治疗有帮助。"软中带硬是他的强项，他虽然口气温和，其实是坚定地要求。

就这样，我们结束了第二个月的治疗，迈向未来忐忑不安的日子。

16

出院第四天开始，润润走路变慢很多，也开始出现很多状况，我又陷入一片恐慌中。

定格、发呆、很累、没力气、讲话断断续续、鼻涕任其流出、无法玩电脑、跑步、跳跃……通通做不来。我受不了、快崩溃了，不能再测试了，于是在出院六天后，擅自决定先给她吃中药再说。

接下来，又花了四天时间看她一点一滴地慢慢恢复。我难过委屈地告诉林医生，这次退化得比上次快，吃了中药后，恢复得比上次慢。怎么办？该怎么办？她会不会像过去的病例一样，确诊后半年内就倒了，只是我们用各种方法强迫她挺住？如果稍微一不留神、没照顾好呢？是不是努力就全毁了？告诉我该怎么办？我不要这样提心吊胆地过日子！我不要孩子这么受苦！医界到底什么时候可以完成基因治疗的人体实验，让我的女儿进行基因治疗？

这次我的情绪反应，也影响到林医生。医者父母心，我忘了他也那么努力地想办法医治润润。他难过地沉默好一会儿："明天带她回诊，我想让她试一颗药看看。"

原来这几日他也没闲着，除了看诊、催促制造载体速度外，他一直在研究上次给他的中药里的成分，在西药上是否有连结。还没来得及告诉我们这些家属，我已经率先发难了。

润润先试了第一颗西药。为什么要这么慎重？因为这个病过去医界无药可医，说穿了就是慢慢等死，充其量只能在后期开些类似吗啡的止痛药。如今这颗药也不是为了罕病而研发的，既不是止痛药，也不能治愈疾病，目标只是要"维持现状"。能不能成功，就看润润的反应了。

第二天，润润的手指头比较灵活了、可以绑鞋带了、情绪好很多了。

林医生收到信息后，非常高兴地要我持续回报接下来两天的情况。紧接着，过去退步的行为都快速地回来了，最重要的是情感与记忆又更进步了。现在的润润就像小时候一样，看到伤心的情节会哭、做错事会难过，换她提醒我记得随身物品，数学的加减运算进步许多，林医生立即通知其他病友家属试药。

2013年1月20日，润润的记忆有了重大的进展。

这天晚上，她突然非常伤心地告诉我："妈妈，我知道我为什么会得MLD了，我不会上天堂了，怎么办？我好害怕会下地狱。"

　　她娓娓道来初中时期，为了讨好同学换取友谊，在某一家文具店里偷了很多笔送给同学，而且是很多很多。

　　我的心又一阵纠结，那样的心疼无法言喻。

　　"怎么会到现在才觉得做错了？"我边问边轻抚她的头，安定她的情绪。

　　"不知道，就是突然想起来了。"

　　"以前完全忘了吗？"

　　"嗯，忘了。"她很肯定。

　　"那当时拿的时候，会很难过吗？"我绝不用"偷"这个字眼。

　　"不会，没感觉。"

　　"那现在有什么感觉？"

　　"很难过，我会下地狱。"

　　我懂了，原来这病的可怕程度，已经超过我们想象。它不只操控意志，也操控是非的分辨。我心疼地不断安慰润润，知错能改，连大人都做不到，你当时生病了，上帝不会跟你计较。现在我们就去付钱，你绝对不会下地狱，要记得你是美少女战士，MLD跟这件事一点关系也没有，千万别再这么想。上帝派你来的任务是彰显奇迹，你依然是天使。

后来，她告诉我应该有100支以上那么多，我不知道是真是假，因为现在对于润润而言，拿了一支笔，也跟拿了一堆笔一样严重。为了安抚她的恐惧，当下我们立即往台北开去。她说她知道是哪一家文具店，绝对不会记错。途中，她要求我帮她进去还，因为她实在没有勇气，但没多久，我们又为了钱的事情讨论起来。

"可是妈妈，我没有钱，你帮我还给她后，还是你的钱，我一样没有得到上帝的原谅。"

最后我们达成共识，等今年过年她有压岁钱后再还我，这才使她破涕为笑。

润润的记忆果然向前迈了一大步，一路指挥我左转右转，肯定就是这家文具店没错。老板娘不在，我包了2000元红包，附上字条也跟她的家人说明："真的很抱歉，我的女儿这几年生病，有些记忆消失了，今天突然想起来，曾经在这里拿过笔但未付钱，她非常难过，希望你们能原谅。如果你们知道数量多少，请告诉我，我们会付清，谢谢。"然后留下电话。

店员红着眼眶没多说什么，但上车后，润润就迫不及待地问我："妈妈，老板娘有没有很生气？她肯原谅我吗？"

"她说，她原谅你了，要你别放在心上，她有装监视器，你根本没拿那么多，我们多付了。"我得让她再放下一件心事。

润润的好心情溢于言表，持续了好一段日子。

2013年1月24日，公司年会的大日子，上百人全都到齐。润润为了可以跟我一起出席，已经兴奋了很多天，但我却陷入"该不该让她去"的挣扎里。

虽然记忆、情感回来很多，但她的体力已大不如前，不能感冒也不能太高兴，不然都会影响接下来的进步或退化。现在她没有上课，能让她参与团体活动的机会也不多，但是与人之间的互动，对她的大脑也很重要。看着她每天都在倒数要看到哥哥姐姐们的日子，我的确非常挣扎。

我还是没让她失望，带她参加了。所有的同事跟她最大的互动就是："记不记得我是谁？"还不错的是，百分之八十她都叫得出名字！虽然跟大家只能简短互动，但她一直处在亢奋的状态。看着同事之间玩闹，即便跟她一点关系都没有，她依然很开心。

在这种日子里，总裁一定忙到分身乏术，但我还是带着润润，走向距离三十桌远的位置，跟总裁致意感谢。润润开口就说："叔叔您看，这个月我又撑下来了，我现在还好好的。"总裁落泪了，再跟润润约定好："下个月看见你时，还是得这样，好吗？"然后带着她走向电视部门，跟所有同仁一起举杯呼喊："润润，加油！"润润的情绪嗨到最高点，她快乐极了。

对于这个大家庭，我有无限的感激。购物台的压力与忙碌不是大家可以想象的，平时大家看似没有交集，不要说总裁，就算看到电视部门的领导，我们也像看到鬼一样的紧张，但是在重要时刻，他们总能卸下身段跟大伙在一起。有一回跟朋友聊到此处，我开玩笑地说："完了，以后没得谈条件了，除非他们不要我了，不然做牛做马、不管薪水多少，我都得做下去了。"

那晚过后，润润动不了、躺在床上一整天。心灵上富足、身体就不听使唤了。但能怎么办？我们都得努力找到最适合她的中庸方式，而这个方式在往后的日子里，也成为我重要的功课之一。

其实润润很争气，一天的退化后，接下来的几天，她的状况都很好，我再次确定集气、鼓励、支持、爱，真的是最大的良药。

17

2013年1月30日，我们住进医院进行第三次治疗。

每一次住院我都会有新的期待，想知道这个月，林医生又会把润润带领到什么样的进度。即使中西医都慢慢进入抗药阶段，即使进步已逐渐减缓，但只要维持就有希望，我决不能放弃这个希望。

但是这个希望，却在今天被智力测验严重地打击。

林医生安排了智力测验。润润的进步不只让我们雀跃，也让我们怀抱着重拾健康、重拾智力的梦想，就算三个月前才测出只剩60的数字，我们也不愿按着惯例，等待半年后再测。

我充满信心地等待结果，也叫林医生等我的消息。当数字出来，我实在无法接受也不愿接受，心情瞬间降到了谷底。58！怎么会这样？明明她进步那么多、明明她已经可以运算数学、明明她记起了那么多事……怎么可能？难道这一切都只是幻象？难道我们的一切努力，真的是强迫控制？其实她本来就应该倒得很快？这场战役注定失败？

我躲起来哭，不想跟任何人接触。林医生看我不回消息，也知道结果了。他告诉我，两家医院做的智力测验版本不一样，本来就不可以用同样的标准衡量，更何况测验时间距离太近是不准的。这些话安慰不了我，我根本听不进去。

但是，我没有权利软弱，也别无选择，我只能擦干眼泪再次出发，内心里愤怒地对MLD宣战："那又怎样？就算是强迫控制又怎样？我还是赢了你的时间，而且，我还会赢走更多时间。看着好了！"

住院第二天，继佳萱之后，我认识了另一位MLD小朋友，智中。

智中妈妈早听过润润的奇迹，当她一知道我们住进来了，第一时间就赶紧来探望这个传说中，没有退化反而进步神速的大女孩。

比起佳萱妈妈轻柔的说话方式，智中妈妈像机关枪似的表达，如果不专心听，可能就会漏失掉任何重要的经验分享。但她们都有共同的特色，娇小的身躯里有着异于常人的坚定毅力，让她们的孩子还有机会等待基因治疗的曙光。

她一路从哪个医院、哪个医生、什么态度，讲到夫妻俩为了智中、为了经济压力如何意见相左，再一路从智中如何发病讲到现在她多么高兴看到孩子不用抽痰、不痛、不抽筋。为了智中，她几乎把台湾的医院翻过一遍，把所有名医烦到彻底。也透过她，我得知了医院里，还有另外两位ALD孩子，小杰与浩浩（化名），他们也正等待着基因治疗。

ALD，肾上腺脑白质退化症，也就是大家耳熟能详的"罗伦佐的油"，病程跟MLD相似，差别只在传男不传女，基因的变异点也不同，大多都在七岁左右发病，十四五岁死亡。小杰与浩浩也都因为满满的爱与治疗,病情控制得很好。尤其是13岁的小杰,发病几年了,虽然卧床,但还能吞咽稀饭。奇迹,原来不是只有润润一个。后来听小杰爸爸说,即便这么多年了,他们也没有放弃,所有小杰的饮食,他们都自己准备,多少的营养价值,他们都精算。我想,这些罕病孩童的父母,如果不是非常非常爱,绝不可能有这样的毅力,支撑到现在。

5岁的智中跟佳萱一样,2岁发病,半年后卧床,已经给林医生治疗一年多了。几次去看他,刚好遇到他醒来睁开眼,大大的眼睛、白皙的肌肤,即使躺着也看得出来是个小帅哥。每次看智中妈妈不管做什么,总对他说话:"儿子,我们洗澡咯,帮你搽香香喔!""宝贝,今天呼吸很大声哪,我们做运动按摩好不好?""宝贝,舒服了吧?可是不喝不行喔!"我总会一阵鼻酸,难怪她比我还更会催促林医生:"到底什么时候进入到大型动物实验?什么时候人体实验?你快点好不好?"

我对于智中特别心疼。智中还有哥哥姐姐,为了照顾他,哥哥姐姐只能自立自强,家里经济重担全落在智中爸爸身上。一个上班族的基本薪水,要顾及全家温饱,当然只能住四人的房。也因为这样,智中特别容易受到感染,住院时间也特长,往往我们隔一个月再来时,就会听到佳萱妈妈说,他们才刚出院没多久而已。原来感冒发烧期间必须停止注射酵素,得先把所有感染治疗好,才能继续我们目前的控制治疗。

这一天，我去对面病房给这小帅哥加油打气，听到隔壁病床的小朋友从社会局被安置过来做治疗，我很好奇为什么不是MLD，也会一样无法看、听、说。征求过义工妈妈的同意后，我拉开门帘探视这位被遗弃、没有爸妈的小女孩。天哪！一个7岁多的女孩，全身有50%以上烧烫伤的痕迹，头发被剪得乱七八糟。究竟是哪个狠心的父母这样对待她？我哭了，我们这么辛苦想救孩子，却有这种禽兽虐待自己的亲生骨肉。这个世界到底怎么了？

白色巨塔里有着多少故事、多少苦楚，我在这几个月里有无限的感慨。有人欢乐地痊愈出院，也有人悲伤地送走家人，有人在爱的力量下努力奋战，也有人孤立无援。有人说生命不在长短、而在深度，而我要说：真心的爱，不只改变长短，更能加深深度。

住院第三天，润润说："妈妈，我可以表演M字腿了。"然后她突然下床表演起立蹲下给我看，我跟阿姨兴奋极了。她也开始自己决定，明天要唱什么歌给林医生听，不再任由我安排那些老掉牙的歌，同时跟阿姨斗嘴的频率越来越高，反应越来越快。

但我忽略了一件事。林医生曾说过："进步越多，体力消耗得越快。"

傍晚开始，病房里充满了震天响的欢乐声。公司的耍宝大队来了：熊熊、小纮、南西、玮华、晏萍与静怡，这支大队的组合，包含了化妆师与模特儿，当他们知道润润可以表演M字腿后，就怂恿她别再背歌，改跳舞好了。

重点是，他们不是教她土风舞，而是跳谢金燕的"跳起来"。听说那天病房内的爆笑声，连整层六楼都听得见。不只润润笑到嘴酸，阿姨看着这群年轻人都笑到肚子痛。

这回，润润躺了三天。林医生下了禁止令："她的电力只能维持半小时，从今天开始，访客三十分钟就好。"

润润躺了三天后，虽然体力恢复了，但维持不久，通常半天的时间就开始喊累，可是言语表达与贴心的表现往往都在住院的日子里最为明显。尤其，她总算达到了林医生的要求：自己绑鞋带。这个动作已经让她每天练习到快抓狂了。

看着她玩阿姨送的打地鼠玩具，从上个月只能用单手的掌心出力，到这个月双手运用手指头灵活按压，从七分玩到八十分，老实说，即便有太多医生不相信林医生的治疗方法，即便我多么不愿意回来住院，我还是不得不佩服他，还是不得不乖乖地每月回来，看着奇迹持续发生。

　　2013年2月4日，润润持续好几天体力不济。也许每次住院都让我的期待值太高，也许我们给林医生的压力太大，所以每次遇到停滞期，林医生就会像小叮当一样，再拿出个什么本领来试试。这一回，他要我们喝亚麻仁油。

　　为什么不是罗伦佐的油？不是椰子油？或者橄榄油？这跟里面的omega3、omega6的比例有关吗？不饱和跟饱和脂肪酸到底有什么差别？

　　与其说我们这些家属都很信任林医生的研究，不如说在台湾我们也只能信任他了。不然还有谁要研究这要命的疾病？所以，通常对于很多事情，我都在林医生解释清楚后，就忘得差不多了，就跟我今天记不起昨天卖什么东西一样。反正还有佳萱跟智中的爸妈会了解，等到我需要时，他们又会再被我烦一遍就是了。

　　果然，林医生还是没让我失望，润润喝了亚麻仁油，就像波派吃了菠菜一样，每天生龙活虎到凌晨还不睡，手指头的灵活度所做出来的沙画，比之前好多了。我决定这次出院后，试着中药减量看看。

出院后没几天就要过年了，为了润润的手部血管健康，现在出门采买，所有重物理所当然全交给她提，慢慢进步的她，真的很乖，没有半句怨言，比起过去的手无缚鸡之力，真的是天壤之别。

润润很开心今年全家人都在我家相聚。还记得去年除夕围炉，我透过Skype让我的家人与润润视讯，当时大家透过荧屏看见凌乱的宿舍里，只有润润一人，她先是笑呵呵地跟大家拜年："外婆！阿咪！恭喜发财、新年快乐。"看见我的母亲与姐妹轮番上前掉眼泪，润润也跟着一起哭了。每个人都是重复叮咛，要她别贪睡、要爱干净，独立了、会照顾自己了，就能回来了，然后喊声"加油"来结束通话。

没想到，今年她真的回来跟我们一起过年，而且听到的加油声反而更多。那几天，润润虽然跟家人们互动不多，但内心是充满快乐的。尤其是年初二，采蓉和佳惠的家人全来了，家里好不热闹，特别是妹夫车车，准备了很多天灯，我们各自写上自己的心愿，不约而同的是，在大家的众多心愿里，都有"祝润润身体健康，早日痊愈"，然后一起冉冉升空。那样的夜晚，美不胜收。上帝如果真能收到，我希望他看见我的恳求，成全我的心愿，因为只有我的天灯，写得满满地，愿望竟都是同样一句话。

润润开始喝亚麻仁油产生效果后，我试着从一天三餐的中药改为一两天才吃一次，再配合林医生所开的处方，没想到也控制住了，自此我的经济压力减轻不少。

年初四，大家都要各自回自己的家了。在我们目送大家离开后，润润又没电了。原来，就算体力不消耗，只是精神亢奋，她都很容易虚脱。这回，又躺了四天。

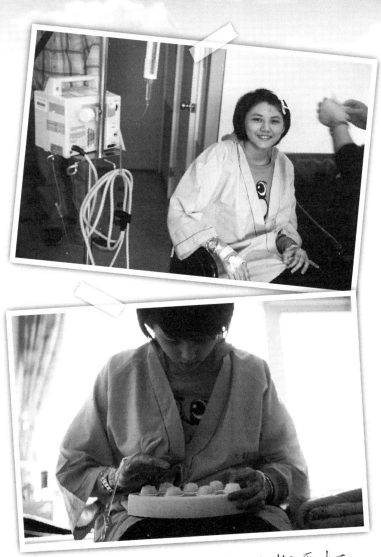

在医院的润润，每天都要打
地鼠，增加手指的灵活度

但身体四肢不听使唤，不代表脑袋也不受控制。2013年2月14日，我跟阿姨都发出兴奋的尖叫声。这跟情人节一点关系都没有，而是因为润润在第一时间感觉到生理期来了。她的感觉神经回来了！出门在外还可以提早告知我们想上洗手间，我不用再紧张要随时配合她而紧急找厕所了。她在上厕所之前，也会先准备好卫生纸、卫生棉，并且勤于更换，她回到那个很爱干净的她了！她的感觉神经真的回来了！我又哭了。

这天，我沉浸在午夜，想着自己，俞娴，只有一个人，亮丽的镁光灯下，我走得好累，真的好累。我再也不想这样过日子，更不想要孩子受折磨了。

我决定着手写书，我决定帮这几个孩子筹募款项，我要积极帮助林医生快速制药。我不想再等了，也等不下去了。看着润润一点一滴的进步，我更无法想象，如果因为等不到基因治疗而再度退化，甚至卧床，我是不是还有活下去的勇气。

没想到才提笔写了两三页，我就写不下去了。我哭到不能自己，哭到痛不欲生。往事历历在目，回顾所有一切，就像伤口还未愈合，又在同样的位置划下利刃。几次想接着写下去，又再度崩溃。这一停笔就是一个多月的时间。

18

自从润润的感觉神经回来后，整个二月下旬，我们也没有比较轻松。好的时候，她的日记可以有逻辑地写上一大篇，也可以想起很多小时候的事，甚至主动做很多家务；差的时候，有时只是小感冒打个喷嚏，吃饭就变成完全不用手端，像小狗一样用口去就食。

每一次看到润润退步，尤其是慢动作、傻笑、呆滞、躁动……林医生就倒大霉了。我又来了，我对于基因治疗的焦急，总要想尽各种方式让他接收到。而他也无法快起来，还是持续扮演他的小叮当角色，一边制药，一边再变出个什么方法来试试。

"吃栗子！"

"为什么？"

"补充微量元素、矿物质。"

"那么多食物可以补充微量元素，为什么吃栗子？"

"……"

反正我找完麻烦、他解释完后，我就忘了。接着可能过两天，我又来了。

"还有一颗药，我正在研究。"

"有什么效果？"

"可以帮助神经连接。"

"那就快啊，什么时候试？"

"下次回诊。"

有时，我是积极式的找麻烦。

"林医生，听说针灸也会有些效果，润润可不可以试试？"

"可以试试，你可以找沉渊瑶医生，他是权威，我把他的名片给你。"

过了一天……

"我找不到他，他的诊所搬家了，电话地址都不对。"

"你可以上网找看看，应该有。"

"找过了，网上的电话地址也不对，你帮我问问同行吧，谢谢。"

又过了几天……

"林医生，我们去看过沉医生了，他很难置信润润是MLD。他说他几十年来看过的情况都不乐观，还说这是奇异恩典，你把润润医得太好了，他实在没有把握可以更好，一支

185

针也没扎，就叫我们先回来了。他说他会再跟你联络，再跟你研究看看。"

"好，我会等他电话，过两天没打来，我会主动找他。"

"我看现场很多罕病的孩子，还有人从迪拜来的，拜托你一定要请他帮润润医医看。"

"他是可敬的前辈，也是脑神经权威，我会再请教他。"

但只要润润试了新药或者明显进退步，他的研究精神与追根究底，也让我无话可说。

"新药试得如何？润润有什么反应？"

"昨晚才吃，还不知道。"

"怎么样？今天有没有反应？"

"三分钟之内自行换完衣服，也搭配得很好，动作之快吓我一跳。"

"有没有拍下来？"

"没有，来不及。"

"今天还有没有进步？"

"主动去看书，主动去帮燕燕刷牙，可以拧干毛巾，倒茶水很稳。"

"记得拍下来了吗？"

"没有，我很忙。"

"下次记得拍下来。"

"针灸效果如何？"

"与人对话，眼神会看着对方；半夜睡觉，踢掉棉被会起来捡。"

"拍了没有？"

"我也在睡，怎么拍？拜托好不好。"

就这样，润润成为他的MLD、ALD病患里，唯一能表达、能纪录的对象，他希望以后能帮助到更多的孩子；而我希望我的孩子能快点进行基因治疗或找到痊愈的方法。

19

2013年3月2日，润润要进行第四个月的控制治疗，这时的她，虽然时好时坏，但已经可以天天排便、爬山也会流汗，代谢变得比较正常后，就算她"停电"了，躺个两小时就恢复体力了。

我还是没有勇气继续写书，于是想到干脆找职业的文字工作者代笔。高珊是过去公司的编辑，她知道后，悉心地安排幽静适当的场合，为了配合我马不停蹄的行程，她也同意每周两小时做采访。在约好见面录音的前夕，我反悔了，想到要全盘地说出这病程的始末及我对润润的亏欠，我又开始溃堤。怎么可能？该从哪里说起？有勇气说，为什么没勇气写？救润润的时间紧迫，每周两小时加上车程往返，再这么拖下去，恐怕连这几个孩子都没机会等到基因治疗。就这样，我在没时间硬挤出时间下，录影之前、化完妆之后、等门诊之前、润润睡觉以后……一点一点地努力面对它。

我也开始筹划募款制药的事情。既然不能跟病童家属拿钱，那么到底还要多少钱才能制造这几个孩子需要的药量？几次逼问林医生无果后，我直接告诉他，没关系，我努力找人脉，想办法透过有能力的人去找"国科会"、"国健局"、罕病基金会……申请经费，没想到林医生给我重重的第一个打击。

"没用的，申请不到的，根本没有这个名目，他们不会拨款的。"林医生终于不再微笑以对。原来这些日子来，他用自己的研究经费，在实验室里请助理一点一滴地制药，怪不得他总说需要时间，因为人体实验前得先动物实验，虽然小老鼠的实验报告已有很多，但还得有猪的大型动物实验。

也就是说，就算一年半载后有足够的药量了，我们得先救猪。重点在于这只猪的药量，可能就要两三百万，更何况这些孩子打进全身的药量是猪的几倍！这根本是不敢再估算的庞大金额。

更白话一点说，我们要先筹资两三百万，经过漫长等待后，先救一只猪。

我想立刻宰了林医生。为什么不早说？我们天真地以为只要制药完成就可以救孩子了，每天朝思暮盼，每次见到他，就像对他生吞活食似的催促再催促……结果根本不是这样！完了！要治愈孩子的日子，根本就遥遥无期……

冷静下来后，我忍不住对这位时时被家属万箭穿心的医生充满了敬意。

没错，说了又怎样？那然后呢？就不治疗了吗？等退化吗？等死吗？医生有因为这样而赚很多钱吗？医生的时间比别人多吗？何苦要被我们这些家属折磨着？

没关系，擦干眼泪重新开始。这次我想结合家属的力量，成立协会。医院不能跟家属收钱，我们自己出钱，由协会捐款可以吧？不够的再配合出书募款。对！就这样。

得到佳萱妈妈与智中妈妈的支持后，我开始奔走忙着这件事情。这回，其他基金会的高层给我第二个打击。

成立协会至少要一百个病友，一百个还要分布在各县市。成立基金会，光在台北市就需要花一千万，全台湾要具备三千万，底下还要设董事会、董监事会……

一百100个？！我们才三个！怎么这么巧？申请人体实验门槛得至少提出三位病患，MLD不多不少刚好有三个。台湾有小脑萎缩症基金会、黏多醣基金会、喜憨儿基金会……原来他们都有一百个人以上、或者更多人数。而我们就算把ALD也算进来，我们在马偕的孩子才五个，这到底是什么病？这像话吗？在比谁的人马多吗？

一千万到三千万？如果我有这些钱，拿来救孩子都不够，干吗成立基金会？董事会、董监事会都是健康的人，我管他们做什么？

"就算你有足够的病人、有经费，成立了基金会又怎样？你认为这些家属和企业会捐钱吗？你们连猪的实验都没通过，人体实验需要四阶段，还有很漫长的路要走。讲难听点，把钱给林医生做研究，你觉得有可能吗？哪个单位、哪个基金会会拨款？"这些走过来的人，给我更重的一击。

我知道，我在他们眼里是天真的，是个连入门都不算、还很初级的罕病家属。但是就是因为我的心思很单纯，我不看别的，只管往前走，只有一个目标，我要救回孩子，所以我愿意去面对未来的重重关卡。法国、意大利、美国都进入到人体实验了，谁说我们不行？先救一只猪又怎样？其他三个国家不也是这样走过来的？意大利的网站上已经公布治疗追踪效果，有治疗后一年的、也有两年的成果。我不先救猪，早晚也要有人当第一个，不是吗？

"国科会"、"国健局"没有这个申请经费名目，成立协会、基金会都不用再想了。接下来，我又做出一个大胆的举动——写信给总裁王令麟先生求救。我的大概是这样写的：

Dear 总裁：

我是俞娴，最近正努力执笔写书，想帮目前在马偕治疗的MLD孩童募款，筹措基因治疗的制药费用，我想帮助的，当然也包括唯一的奇迹——我的女儿，润润。

三个孩童里，只剩下润润还能走、能吃、能说，其他二位都是卧床状态，看不见也听不到，但是都被控制治疗得很好，一点也看不出来他们生病。

全球有意大利、法国、美国都在做基因治疗的临床实验，台湾只有马偕医院的林达雄医生率领的团队在做研究。2011年8月12日，林医生成功地将小老鼠的基因送进体内并到达中枢神经与末梢神经，带给脑白质退化症治疗的新契机，这篇研究发表被刊登在当期的国际医学期刊《分子与遗传》的封面。

不过，要等到人体实验制药，需要非常庞大的金额。

我把我跟润润的故事写出来，有很多理由。我相信台湾一定有其他孩子因为检查不出来或没有治疗方法而白白瘫着、眼看就要失去生命。当然，目前不管ALD或者MLD患者，全部的案例都在半年内瘫痪，我的确非常害怕紧张。润润创造很多奇迹，也带给其他家属力量。我更期待能快速制药成功，也许润润可以有机会重新体验人生。

总裁，我想到我们有东森慈善基金会。是不是能与其结合，不只靠书本募款，也让大众知道，总裁一直率领基金会，默默为困难族群付出、为部落的原住民孩子张罗早午餐。

在润润跟时间赛跑的同时，我相信这会是一股正面的力量，不只让大家认识这个疾病，将来也能帮助到无数这样的孩子。

俞娴敬上

老实说，这样大胆的举动，我非常害怕。我猜想，王总裁会不会说："你以为你是谁？企业有上千人要养，每个人都来求救怎么办？你以为只有你在这里做十几年吗？跟我打拼的伙伴，超过二十年的多得是。"我在心头预备了千万种说法，准备好被拒绝。

感谢主，总裁给了我这几个月来第一道希望与曙光。他不只带领着祷告而已，他把这封信转寄给各部门的高层长官，并且写着：

伙伴们：

考虑俞娴的心情吧！她是一个如此坚韧、有大爱的妈妈。润润受洗成为天父的儿女，我们如何在天父力量的恩赐下推动这次募款？以"东森慈善基金会"号召：

1.基金会成立专户：以"润润的慢性病：ALD、MLD病患所需医治费用"申请专户。

2.呼求：生物科技业重视加速研发新药。

3.发动教友：为润润祷告。

4.未来除了目前治疗的MLD、ALD病童，如有结余，继续救援其他同症的病童。

5.基金会立即讨论本案执行，发动响应这"大家庭爱的关怀行动"。

上帝：请恩赐本案成功。润润相信有爱就有奇迹。

伙伴们：有任何好意见，请直接回信给我，谢谢。

这阵子我的眼泪像开了水龙头忘记关一样，我边哭边恨不得连说一千句、一万句的"谢谢"。

这场战役，我像是在弹尽粮绝后，突然得到了千军万马的后援，剩下的，就等更强的子弹与军火到位："钱"和"药"。

我把这好消息立即通知林医生与病友家属们，每个人都士气大振，准备即将开始下一个堡垒的攻战。

基金会的副执行长杰玲告诉我，台湾有"劝募法"，不得为单一对象募款，政府怕企业私用或私人长期敛财，申请专户不只要交代清楚对口单位，也要写清楚募款金额，并于一年内结案。

再说白一点就是：不能只募款给润润，要"族群"，一群都是一样疾病的族群。还有，要讲清楚到底需要多少钱，一千万还是两千万？一年时间到，管你有没有募到，总之就是不可以再募就对了。最重要的是，钱不是进家属或医生口袋，而是对口单位"马偕医院"。

这不是更完美吗？每间医院不都希望有这样的支援？捐款的人可以抵税，家属不用被摊在阳光下质疑钱的流向，孩子们可以真正得到医疗单位的全力协助，林医生只要拿单据跟医院请款、专心制药就好。一切透明化更好！

"一样一样来，先征求马偕院长同意，我们再去申请专户。"我充满信心地告诉杰玲，等我两三天就好。

想不到，接下来的两周，我又再度陷入苦战里。

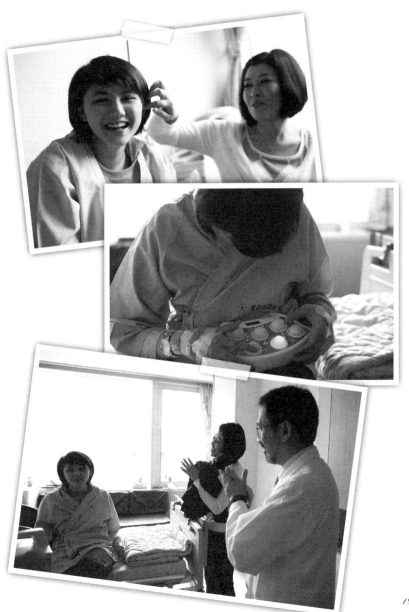

20

林医生去向院长室秘书请求安排向院长报告的机会，但秘书挡下来了，说有什么事先写好报告，跟公关部门协调。

"这也太官僚了吧！"这完全不是林医生的错，但是当林医生请我先等他几天再说时，我真的很想骂脏话。

"医院不就是用来救人的吗？难道是用来喝下午茶的吗？不用你写报告了，要等到什么时候？我自己写信到院长的信箱好了。"这时候的我，只管往前冲，哪里能再冷静下来为医院的文化与制度着想。

温和的林医生看我脾气又上来了，千交代万交代千万不要出言不逊，毕竟院长是无辜的，他从头到尾都不知道医院里有叫"润润"的这号病人存在，也不知道所有医疗过程的始末，更不知道我们即将为这几个孩子继续奔走的方向。

"知道了，知道了，文人你当，假文青我来就好！"我怒气冲冲地挂上电话。

这一晚，我还是写了封声情并茂的信件给院长了。

杨院长您好：

我是俞娴，森森购物主持人，我的女儿润润，得了罕见疾病MLD脑白质退化症。

　　感谢主，有神的带领，让我们得以在马偕接受林达雄医生的医治。这几个月来，润润让大家见证到奇迹的恩典，她从驼背严重、动作缓慢、口齿不清……到现在能走、能跳、能吃、能说，靠的不只是奇迹，也感谢林医生的爱心。润润的状况，更让其他家属重建信心。

　　然而，这种罕见疾病，目前只停留在控制阶段，距离林医生的基因治疗还需要漫长的时间。我们几位病友都理解医院的困难，这不是立竿见影的事，通过台湾地区政府许可、人力、经费……都还要一段时日，我们没有像小脑萎缩症或黏多醣症有这么多的人口，无法形成协会共同发声。但爱人如己的您，一定可以体会到我们心急如焚的心情，尤其眼看几个孩童都在半年内瘫痪、看不见听不到，我更是害怕紧张。

　　承蒙主的恩典，总裁王令麟先生更是率领教会、同仁不断祷告，并且同意以出书来结合东森慈善基金会共同为润润，也为另外四位孩童筹备基因治疗的经费。当然我们也需要医院的配合，成为受捐对象。

　　请求您在看到留言后，能派员与我联系。主说，在人不能，在神凡事都能。眼前虽然有困境，但有神的带领，我们愿意挺进。

　　　　　　　　　　　　　　　　　　　　俞娴敬上

等了两天，院长没有任何回应，我又不死心地再到信箱留言，简短地告知我们即将进医院拍摄、报道，请尽快派人与我联系。

隔天，果然就接到医院公关杨小姐来电话了。杨小姐非常客气，了解了我们的目的之后，她说会立刻转答并回复，当晚我也看见院长已在网上回复，除了祝福润润，并告知已请潘主任与我联系，并留下潘主任的电话号码。

我就说嘛，能一身奉献给医界，这个院长肯定有慈悲为怀的胸襟。只是为什么是潘主任？早上跟我联络的不是杨小姐吗？管他的，只要医院同意成为捐款的对口单位，方便我们去申请专户就行，谁联络都一样。

又再等了几天，杨小姐依然没有讯息，从我寄信给院长，到现在已经超过一周了，公司也问了几次进度到哪了。我也觉得纳闷，"被捐款"这个每家医院都求之不得的事情，有这么难吗？我等不及直接找杨小姐了。

这一次，杨小姐已经不复当时那般亲切："医院可以全力协助拍摄报道，但是，难道你们就不能自己募款吗？"

我非常惊讶，这是什么话？能自己来，我们早就自己来了，当然不会故意要麻烦医院啊！我又再把"劝募法"规定讲了一遍，不断拜托她帮我说清楚讲明白。后来再打电话给杨小姐，她没有接了，于是我发了讯息给她，请她务必再帮我转达，并说如果要我们这些家属一起写陈情书给院长也都可以。

后来，我想到院长留的电话是要我打给"潘主任"，于是我直接打电话找潘主任。

"你好，我是俞娴，院长请我直接跟你联络，我的女儿……"话没说完，就被打断了。

"我不是叫杨小姐跟你联络吗？她没打吗？"电话那头的人听起来好像很忙，没有空分心回应我。

"没错，她是有打，不过……"我又被打断了。

"你跟她说就好，她会跟我报告，就这样。"她不耐烦的口气，让我想立刻去找她拍桌子算账。虽然后来冷静下来想想，医院肯定一天要处理不知道多少事情，搞不好还有几十通电话等着接，确实很难有空慢慢讲，但我当下无法做出理智的反应，只觉得：这是什么世界？我不是要钱，而是想求医院让其他人捐钱给他们，为什么无法成功呢？

医院当然有他们的考量，也不是他们想要帮忙就可以这么简单地帮忙的。但我当时只觉得头昏脑涨：这几年为了润润，拜托老师、拜托同学、拜托朋友、拜托医生……我都可以为她低声下气，但我从来没想过，现在拜托的，竟然是济世救人的医院，而且还是以"神爱世人"为宗旨的基督教医院，而且居然还是要拜托他们让其他人捐钱给他们！

一切都是因为法条，一切都是因为规定，人情很温暖，但许多法规却是无法改变的事实。要不是要救自己的孩子，我怎么愿意忍受这种屈辱？我的愤慨、我的怒火完全无法压抑，于是我立即就写信给院长，洋洋洒洒地把潘主任骂了一顿，我究竟写了些什么，我通通都忘了，只记得当时内心里的怒吼：这算什么嘛？当时的冲动可能也给院长造成了困扰，实在很不好意思。

同时，我也聚集了其他病童家属开会讨论。那天，我们开了很长时间的会议，从中午到晚上到医院餐厅打烊，没有人有胃口吃饭，我们把所有关于马偕医院为何不答应的理由、大众的质疑、制药的经费……全都提出来讨论，最后得到了几个结论。我们先从常被质疑到的问题开始回答起：

"高雄张家三兄弟事件^注，不是募了很多钱，后来也没办法医吗？"

没错，虽然张家最后募款完还是没能救回孩子，但不代表就不值得一试。至少他们曾经努力过不是吗？他们后来还把钱都捐了出来帮助其他罕见疾病的病患。要是我，也会捐出来。

"三兄弟到美国接受骨髓移植，你们的孩子也是吗？那有用吗？"

请留意，那是2005年，当时医界还没有进展到基因治疗。现在是2013年，意、法、美三国都已进行人体实验并公布成效了。

"当时张家兄弟到了美国，经过一连串的检查后，美方认为不能够骨髓移植，因为骨髓移植有相当高的风险，相对也要有相当的条件，也需在未发病即检查确诊，但他们都不符合条件。既然这样，他们干吗募款啊？你们要不要也先确定条件再来募款啊？"

我们当然还是得先募款。难道基因治疗就没有风险吗？但是不试就只能等死了！如果当初有那么多钱可以先到美国去检查条件是否符合，检查完之后再回来募款，那早就去了。不要说美国，各国的医疗费只在检查阶段就已相当可观了！而美国的医药费是出名的贵，当初润润只不过在美国学校里的保健室里被关怀过几句话，就要1600美金了，你说张家要不要先募款？

"张家举家回国后，媒体开始炮轰，怀疑张家行募款之名出国玩乐，并未让孩子得到治疗，张家只好隐居起来。你们不怕喔？"

如果我也发生了一样的事，我决不会选择深居简出，拒绝跟外界联络。谁敢这样对我们母女俩，我一定出来跟他当面对质，难道我们还不够辛苦吗？孩子都已经这样了，是要怎么玩乐？为什么还要受这样的委屈？

"当初应该就是因为这样，政府才会规定不得为单一对象募款，而有了劝募法吧？所以要有对口单位，要讲清楚金额多少，要一年内结束。难道这个法条没有道理吗？"

请问这法条到底帮助到了这些孩子什么呢？眼前这五个孩子急待救援，人数这么少，既不能成立协会，也没有单位可协助。就连马偕医院到目前为止，都无法答应成为对口对象，可见院长的压力有多大。既然连堂堂一个大医院的院长都必须顾虑到这么多，我们真的能说这个法条是好的吗？

"既然这么麻烦，你们干吗不委外制药，找药厂协助算了？"

我们怎么可能没想过呢？这问题问得很好。又回到原点：钱！得了MLD、ALD的患者才几个人，药厂没有商机。要是我是药厂，我宁可制造维他命、头痛药、甚至保养品、洗发精……可以卖到全世界。动用这么多财力、人力只为几个人制药，我的工厂都要倒啦！所以，林医生才会在捉襟见肘下，只能用手工制药，而且无法量产。林医生至今跟相关部门申请经费，每次都被驳回，他要怎么做出最少三人的药量，来申请人体实验呢？

最后，也是我们常被问到的一个问题，其实答案非常简单。请大家一定要听听我们的心声：

"人体实验病患又不用自己付钱，那你们干吗还要募款？要拿我们的钱去干吗？"

人体实验如果通过申请，病患确实不用自己付钱。但是光是要通过申请，必须按法规规定先通过动物实验，才能制造足够三个人的药量，并申请三个人的人体实验。要通过动物实验，我们需要几千万的经费。要是我们有几千万的经费，那我们还募款干吗？

当然，我们也可想办法筹钱跟美国、法国、意大利买药来申请人体实验。那会是最快、最有效率的方式，但我们需要的钱也会是天文数字。国外动物实验打在小老鼠、小猪身上的药量自己制造要两三百万，用买的则要五六百万。润润170厘米高，比小老鼠、小猪大多了，如果要打到她的身上，药量不就要花上五六千万元那么多了吗？要在一年内募到已经不太可能了，更何况需要治疗的不只是润润，还有四个孩子！其他四位虽然年纪小，但都是卧床重症，药量所需费用相较于润润，可能也低不到哪去。劝募法规定，不得为单一对象，所以大家的药都要张罗，可想而知会需要很多钱的。

所以，请了解，罕病家属绝对不可能是为了想出风头、或是贪图大家的钱才募款的。我们真的是被现实所逼，迫不得已啊！

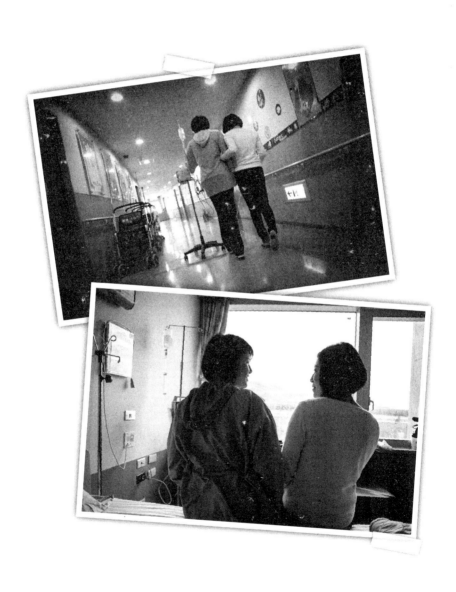

开完会，我们的结论是最根本的解决办法，还是得想办法自行制造药品，募款添购大型设备、多请几位助理、请求院长同意马偕为捐款的对口单位，才能降低所有预算，将来才能帮助到更多的孩子。

最后，我们彼此互相勉励，除了靠林医生治疗，大家也要全力以赴照顾好自己的小孩，让孩子能有机会等到基因治疗。

结束前，小杰与佳萱的爸妈对我说："加油！你一定要挺住，现在只有润润最有希望，她是方向、是指标，是未来的病童希望，你一定要撑下去。"我心里万分感激，也不断告诉他们："小杰与佳萱也是大家的希望，你们一定要撑下去。"

21

经过那篇抗议信函后，马偕医院的院长没有再在网上回复我。我知道我为他们制造了很多麻烦，但想到我的女儿，我什么也不怕，还是不死心地到处找人说情。

这一天，院长终于找林医生来问个详细了。我如坐针毡地边开会边盯着手机，生怕收不到讯息。我一直想着，院长一定会答应帮助我们，等林医生一打来，我就可以立刻请人帮忙去申请专款专户了。

但时间一分一秒地过去，已经晚上7点了，林医生还是完全没有任何消息。我也管不了了，就直接打电话去问他：到底你们医院在磨蹭个什么东西？

林医生不愿意多说，他认为他的说法不能代表医院，院长只是找他了解情况。以院长负责任的个性，一定会让杨小姐回复我，他请我再等等。但这半年相处下来，林医生想必很了解，虽然我外表看起来不像是咄咄逼人的人，但遇到攸关我女儿性命的事，我怎么可能会轻易就放过他不追问？所以他最后还是无奈地跟我解释状况了。

原来，院长相当慎重，不只找他，也找来其他人一起与会讨论，这才发现要面对的难题不少，包括还没进行猪实验与通过人体实验、医院没有GMP规格的实验室等等。院长也想帮忙，也在找解决方式。

医院没有给我答案，但这不就是答案了吗？除非通过人体实验，在这之前根本不可能接受捐助制药。答案已经很清楚了，医院需要考虑的事太多，没有办法配合。

跟家属开会时，我们最担心的就是这一点。我气急败坏地对着林医生大叫："你怎么不跟他们说，等到通过人体实验才能让马偕成为捐款对口单位，那代表我们已经有钱做好三个人的药量了，那我们还募款干吗？我干吗要出书？我吃饱闲着吗？你怎么没说？"其实我也知道像林医生这种斯文人，怎么可能说这种话。

"我刚刚就说过，你不能问我，我不能代表院长回答你可不可以，既然到现在都没有回信给你，那就一定会回给你，或者请杨小姐答复你，你再等等。"林医生以一贯温和的态度回答，听不出情绪，但想必他的心里也很难熬。

电话两头都没有声音。林医生知道此时此刻我要决堤了、快崩溃了。第一次带润润给他看以后，我没有再在他面前掉泪过。我很努力要乐观、坚强，但现在我连"谢谢、再见"也没办法说出口，眼泪落在双唇上颤抖着。也不知道我沉默了多久，才深吸一口气："不说了，挂了。"然后，我号啕大哭。

没了，回到原点了。我怎么办？怎么跟其他家属说？怎么跟总裁说？他这么想帮助我们、帮助病童们，最后，竟然又回到了原点。润润怎么办？以后该怎么办？一辈子这样撑着吗？能撑多久呢？每个月继续住院十天吗？如果撑不下去

呢？如果肾脏受损了呢？如果等不到基因治疗呢？现在拥有
的这些对我又算什么？

彻夜哭完后，还是得重新站起来。我不禁埋怨上帝：
"天父，您为什么认为我一定承受得起，我没有老公、没有
背景、我这么努力地面对问题了，为什么您觉得我还承受得
起？您的恩典哪里够我用？告诉我！"

我知道我是最不像基督徒的基督徒，主日永远爬不起来
做礼拜，祷告的时候也听不见主耶稣对我说话；虽然顺利的
时候，永远归功给上帝；但遇到挫折的时候，也骂上帝骂不
停。等到挫折过后，雨过天晴，又说原来这是功课，他要我
彰显荣耀。

不能募款、不需写书、医院不同意，但我还是要救我
女儿。于是一早起来，我就对自己喊话："俞娴，振作起精
神，再转个弯找出路，加油、加油、加油！"

时间已经快到3月底了。这次，还没想好下一步要怎么
走，林医生又告诉我即将要产生的问题了。

"制药成本会增加，非得委外制药了，政府规定通过人

体试验的条件之一就是基因载体制造必须在具备GMP或GTP规模的药厂和实验室做，所以虽然我有能力制造，但做出来的载体也不会被许可。"

也就是说，林医生再怎么投入，也只能救猪，不能救人！他可以制药给猪，等猪使用成功了，剩下的就不是医生能处理的，我只能去外面找药厂制药。问题是，哪个药厂愿意做没商机的生意，劳师动众地只为几个孩子制药？那么，所有研究罕病的医生都只能救动物，是这个意思吗？我们这些孩子比猪还不如，这是什么法规？怪不得台湾的竞争力越来越低！有能力、有仁心、有仁术，有什么用？碍于规定，他们的医术根本无法发展。我的怒火不只冲冠，根本就冲到云端了。

我知道，其实政府订立法规有很多的考量，只是一时实在无法冷静下来，只能不断劝自己不要激动，不要现在就冲去医院找林医生。我还要录影，擅自离开要怎么对厂商及公司交代？

这些日子以来，我的工作压力更大了。因为润润，每天忙得焦头烂额，如果业绩不好，一定会被归咎于私事太多。虽说大家都能体谅，但为什么要拿厂商的业绩压力来体谅我呢？我不愿意造成厂商的麻烦，所以不只润润得维持现状，我的业绩一样得维持现状。

"淡定，别激动，要淡定。"我对自己说，努力地回顾整个事件的环节出错在哪。我的心里责怪的第一个人，当然就是林医生。但情绪稍微稳定下来后，我知道谁都没有错，林医生更没有错。

每个人都是一样的，事情没有到某个节骨眼，不会知道里面的罩门。润润只有一个，润润难缠的妈也只有这么一个。如果当初不是我拼命往前冲，林医生也不会发现罕病病人要组成协会需要一定的人数、不会知道成立基金会有门槛金额、不会知道有劝募法条款这种东西。如果我没有这么追根究底，无辜的林医生说不定还在实验室里为小猪一点一点地制药，过了两三年做到可以申请人体实验的程度时，才发现这些药白做了，因为他的实验室不符合政府规定的规模。到时候，打击不是更大吗？毕竟老鼠再怎么实验成功，他的控制治疗发明和佳萱、智中、小杰、浩浩的出现，都是最近两年的事情。我跟润润，只不过促使他提早遇到问题而已。

想到这里，也没什么好怪的。没有林医生，就没有今天还努力活得很好的润润，我实在不应该错怪他。我只能告诉自己，别哭，别害怕，再继续往前走就是了。找药厂吧！既然需要GMP药厂，那我就来找GMP药厂。

这么多年的购物专家生涯，我们替很多非常具规模的药厂卖过东西。要找有GMP规模的药厂，有太多都符合这些条件。幸好我的名声不算太差，也都曾帮他们创下过好成绩，我想，这应该不困难，那么多挫折都遇到了，现在找药厂算什么？大不了一家一家拜访请求，让我们租用实验室及机器设备一段时间，这样也可以加快制成。也许费用会高出一些，但看在救人的分上，而且是他们熟悉的朋友分上，这件事应该没那么困难了吧？

如果这个环节可以解决，马偕医院应该就不用再担心舆论的压力。政府只规定不得为单一对象募款，并没有规定人体实验前的研究制药不能募款。钱，既然不是林医生跟医院申请，而是药厂跟医院申请，就没有募款私用、或者制药风险性的疑虑了。

我又再度燃起斗志、整装出击。

我拜托林医生寻找符合GMP规格的实验室，我自己负责寻找药厂，然后，我还要重新写信给院长。

在寻找药厂的过程中，凭良心讲，并没有太多困难，我很庆幸身处在这个职场，有充沛的资源可用。

我开始安排洽谈行程。每个朋友给的信息都很珍贵，live节目前或者下节目后，我都不敢浪费时间，比起让马偕成为接受捐款单位，这份任务的难度显然低了些。

果然，我没有遇到太大难题，没有人拒绝，但也没有人答应。这是件大事，要借用设备、人员来制造跟自家公司没关系的产品，虽然会付款，但抓不准制造期限，万一借用一年、两年甚至更久呢？万一我募不到这么多无法预估的金额呢？他们愿意等我慢慢以薪水偿还吗？真的只为救几条人命这么简单吗？一个部门没赚钱就是赔钱，这是企业恒久不变的道理。他们的董事长有这么好说话吗？

无法立刻答复，我完全理解。每个经办主管都告诉我，一定努力帮我回报给最高层，我也乐观地等待着。

同时，当我为了再请马偕成为捐款对口单位、正准备打给公关杨小姐时，她却主动打来了。

果然，林医生说得对，院长是负责任的好领导，也是医界顶尖拔萃的医生，对于每个病患或家属留言，他都相当重视。要我再等等，会有答案的。

不知道是不是上次给院长的留言太过犀利难听，这次杨小姐又像第一次通话时一样和蔼可亲了，让我不得不体谅她的难处。

但结果依然没有改变。也就是，如果已经通过人体实验申请，医院一定会帮忙接受公开捐款，但现在只能自己私下捐款给医院，我们可以指定林医生罕病研究专用。

好不好笑？如果是一两百万可以搞定的事情，那确实可以用私下捐款这种简单的方式，但我现在需要的是几千万，而且要救的不只是我的孩子，还有别人的孩子。

杨小姐只是传话的角色，我无法怪她，但我依然滔滔不绝地解释我们的状况。最后，她无法说服难搞的我，就只好要我找负责相关捐款事项的陈主任，他最清楚所有法条。

陈主任最了解法理，看多了生离死别。他告诉我，院长也问过他，难道没有别的办法吗？但他的态度很明确，不管我怎么解释、怎么求，就是非常坚决一切按照法规走、没有商量的余地。他考量了很多，知道医院扛不起舆论压力与责任。他建议我，私下找企业募款也行，个人、家属捐款给医院都行，就是不能让医院公开成为捐款对口单位。

我拜托他，如果一切按法规，我的女儿等不到那个时候。现在她还很健全，等到半年后救完猪，两三年后要救人，就救不到人了。

陈主任说他也很同情，但还是没办法。我知道，陈主任肩负着的是整家医院，我对他说再多也没用。挂上电话后，我也没有眼泪可以掉了。好吧！那就自己募款吧！除了书籍版税全数捐出外，也请大家捐给东森慈善基金会，注明MLD研究医疗。只能这样了。

我从没担心过东森慈善基金会。基金会多年来为部落的孩子捐助早午餐，每一笔捐款与出处都是透明化，更何况王总裁个人已经率先抛砖引玉地捐助第一笔款项。如果因为这样还被大众质疑钱的流向与用途，我会请他们千万别捐款；如果还有人无法体会母亲抢救孩子的心，而大做文章，我想，我做鬼也不会放过他。

再次声明，我依然很感谢马偕医院对于润润的照料，林
医生、每一位护士都充满爱心与耐心。这次事件有很多的不
得已，我不会怪任何人。

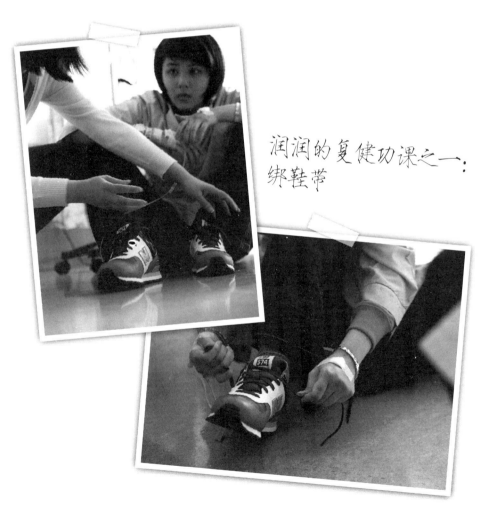

润润的复健功课之一：
绑鞋带

润润的复健功课之二：写字

22

Yvonne是我的好友，她当过护士，现在是职业厂方代表，跟厂商之间的关系都维持得非常好。平常大家都忙，并不怎么联络，但从润润确诊以来，不管资料的搜寻、找寻各路名医……她一直在我身边伸出援手。帮助我的人很多，但每次一有新的困难或任务，我总会第一时间立刻找她求援。即使到了最后，她看着我一次又一次地回到原点而感到难过，也从未跟我说过"不"。当然，这次也不例外，她也投入在寻找药厂的工作中。对于这个朋友，我常想着有生之年，一定要找机会报答她。

刘姐，除了代理波兰原装进口保养品，也跟杏辉制药厂长期合作。前两年她遇到困难，暂时离开了这行，很多商品突然停售、员工也突然解雇。当时我刚从美国回来，第一档就卖她的商品，她的员工告诉我：他们要解散了，这是公司的最后一档，我在节目上哭得不行。后来再过一段时间，员工们自己入股，硬要把她找回来，由此可见她做人的成功。

当我提出请求，刘姐马上帮我跟杏辉洽谈，没几天就得到了善意回应，杏辉的几位高层跟我们两个女人约好了一起坐下来谈。

杏辉医药是我接触的药厂里，最真诚也是最让我感动的一家企业。那天下午，我从手机里播放润润唱歌及跟我对话的画面给杏辉的领导们看，并报告了眼前困难，大家都心疼："怎么会？看起来很好呀，你不说，真的看不出来。"

当大家再知道润润之前的退化情况，在座每一个人无一不啧啧称奇。

他们问了我所需要的机器设备与人力后，立即起身赶赴宜兰的总厂，行前再次安慰鼓励我："我们虽然不懂基因治疗，但是我们有全台最先进的离心设备，以及你说的培养箱。我们都会问清楚工厂总监，能够帮到什么程度，我们也没有把握，但是孩子的黄金救援时刻得把握，只要能做得到，我们相信董事长一定会同意。"

我对他们、对刘姐有万分万分的感激。

在我跟药厂接触的期间，林医生也在空当之余受我所托，到处询问实验室，只是才没几天光景，他就丢出了整个救援计划里的终结炸弹，炸掉了已经快完成的堡垒、而且让它灰飞烟灭……

"不用找了，所有台湾的、私人的实验室都问过了，包括药厂也是一样。GMP、GTP规格的药厂与实验室不是没有，但是都没有政府规定的规模。"林医生很难过地继续解释。

原来台湾地区政府法规是以台湾外药厂制造基因载体的规模来制定法条的。这就像以奥运选手的标准要求国内参赛人员，不要说台湾内私人企业、药厂、医院没有这样的实验室，就连台湾地区政府最顶尖的研究单位工研院、"国科会"也没有。太离谱了！台湾设了一个台湾地区政府自己都达不到的标准。

搞了半天，台湾从来都只依赖外面的药物救助，不曾自己发展药物治疗。那为什么要设这种比天还高的门槛，限制有制药能力与治疗热诚的民间机构呢？这跟间接杀人有什么两样！

在台湾地区政府的法规要求下，制造载体的实验室（机构）必须要有以下这些条件：

（1）培育载体所需的细胞库须包含种源及生产细胞库，同时需有病源等的监测方式。

（2）能进行载体与细胞的毒性与其他病源污染测试，以及是否引发细胞肿瘤的测试。

（3）细胞库、细胞培养室、载体制造隔离室、高速离心机、低温冷冻冰箱都需要有。

但这些都不是主要的问题！最大的障碍在于需要有一制备的场所，同时这些监测试验都需要重新设立，也需要固定的人员操作与维护，还须先通过政府的GMP认证。这包含了物力、人力、经费与时间，这些才是阻碍台湾进行基因治疗的限制。这样的限制下，不只是MLD、ALD的患者，连为数众多的小脑萎缩症、黏多醣储积症、巴金氏症、渐冻人患者，都只能继续等待台湾外药厂的发展。有多少人能等到那个时候？

以目前而言，只有美国与欧洲的大药厂拥有合乎台湾地区政府要求规格的制造临床使用载体的机构或实验室。

我全身瘫软了、无言了。润润的黄金救援时间还有多少?

这一晚,我没有哭,但我也没睡。没有润润,所有的一切对我都没有意义。我开始计算所有家当,剩下的黄金、钻石、包包有几件,保险、房屋的贷款还能贷多少?我计算着、也计划着最后一个孤注一掷的方向。

"林医生,帮我问意大利、法国、美国的实验室,润润可不可以过去做人体实验?求求你,我知道他们都不透过网站收件了,所以必须麻烦你帮我问问。请告诉他们,润润很有可能成功,她的机会很大,你最清楚。请再帮我们一次忙,拜托!"我永远不放弃,我一定要求到林医生帮忙为止。

"如果还是不行,我们跟他们买三个孩子的基因载体回来。我们呼吁以人道救援方式,跳过猪只实验,直接申请人体实验。我知道金额会很庞大,但我会想办法,我会出书、我会募款,我相信台湾有爱,有爱就有希望。求求你,即使我会像张家一样被误解、被唾弃、被痛骂,就算最后大众的怀疑让我千疮百孔,我也在所不惜,我知道你的压力很大,也许这一生没有机会报答你,但是求求你……"

林医生是个圣人,他没有停止寻找治疗的机会,也不要求任何回报。他要我不要放弃希望,继续维持住润润的状况。

那天开始,我开始积极写书,润润也继续努力不懈地练习写字、爬山、运动、算数学、吃药、住院……

"叔叔，我会好吗？"润润在十二月份时，害怕地问着林医生。那时候，我们心里还陷在她是否会很快瘫痪的煎熬中。然而，时间来到了四月底，润润从11月确诊后至今已到达半年，她破除了以往MLD患者半年内倒下的魔咒。

虽然我依然每天提心吊胆、依然每天测试她的反应与说话、珍惜跟她相处的分分秒秒，但是她的勇敢、她的努力、她的乐观，大家的祝福、大家的打气与每个人的关怀，成就了人世间最伟大的一件事：爱。因为爱，所以有奇迹。林医生说："是上帝听到你的祷告，治疗了润润。"感谢主。

在这本书即将付印之际，国外也传来进一步的消息，终于有间从未见过润润的机构，愿意提供协助。至于哪一个国家、哪个实验室，碍于必须签订保密条款，容我有所保留。

但是不管最后是到台湾外做基因人体实验，或者买载体回来按法规申请三人的人体实验，都无法避免高昂的费用。不管三千万、五千万，甚至更多，我知道版税捐出来没有多少，自己的所有家当变现没有多少，没有捐款的对口单位，要民众以信任的角度小额捐款也没有多少。但我依然相信，有爱就能创造奇迹。

我无意对政府做任何的批判，也无意对医院做任何的攻击，我相信走到哪家医院，都会有一样或者更糟的状况发生。MLD无论发生在任何一个孩子身上，也无法改变目前相关单位所有桎梏条款与申请人体实验的龟速审查，当然高官政要的孩子会是例外。

但是当我们时时关心世界各国的难民或地震后的灾区，不要忘记台湾还有很多困难的孩子等待制度改变而获得救援，也不要忘记台湾还有许多拥有医术与热情而没有资源的医生，默默努力的付出。

润润的人生现在已经从头来过。顺利的话，即将于五月底再度入学。我盼望师生除了多加关怀外，也以平常心对待，让她感受到自己跟一般的孩子无异，可以一起读书、一起玩乐、一起分享所有世间的美好。无论是不是进入到永平工商，我都对当时唯一给予温暖的校长与庄主任致上深深的谢意。

还有很多要感谢的人：同学的关心、医生护士的照料、家人同事的关怀、教会的代祷、总裁与领导的支援……俞娴都刻骨铭心、没齿难忘。

润润除了每月固定住院的日子，每周五到公司教会，是支持她天天吃很多药、做很多功课最大的力量。这本书完成后，俞娴会再重设FB，定期跟大家报告润润的"健康进度"，而不是报告她的"状况"，因为我相信她一定会痊愈。

款项若有结余，我会全数捐给马偕医院，帮助其他MLD、ALD的孩子。我特别谢谢小杰的爸爸。那天，他跟我说："俞娴，如果最后金额有限，记得集中资源先救润润要紧，只有她最有机会重新体会人生。千万不要平均分配，我们都会体谅。"我差点又哭了，内心很激动，实在不知道该回答什么。我只能说，虽然我的力量很小很有限，但我一定尽力，相信我。

最后，谢谢我的女儿，润润，谢谢你让我的生命丰富、幸福。妈妈再次承诺你，你不会上天堂，也不会下地狱，你会一直在我身边，做我永远的宝贝女儿。

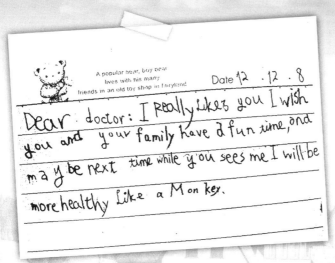

A popular bear, boy bear
lives with his many
friends in an old toy shop in fairyland!

Date 12 . 12 . 8

Dear doctor: I really likes you I wish you and your family have a fun time, and may be next time while you sees me I will be more healthy Like a Monkey.

润润写给林医生的小卡片：亲爱的医生，我真的很喜欢您，希望您和您的家人都过得很好，也希望下一次您看到我的时候我更健康了，像只小猴子一样。

和林医生开心合照

润润，我的宝贝

润润，加油！

润润，再多跳一下！

给润润的一封信

亲爱的女儿，你还记得吗？小时候你问过妈妈一个问题，你说："人死后，到底去哪里了？"我告诉你："很多人可能不知道自己会去哪里，但我们是神的女儿，所以妈妈知道我会去哪里。你看，天上那颗最亮的星，我就会在那里，一直看护你、守候你。将来妈妈不在你身边，你也要健康快乐，有任何烦恼忧愁，找出那颗星星，然后对妈妈说，还好有你帮我承担，然后妈妈就会帮你解决所有困难，你还是会一样继续健康快乐。"

如今，我的宝贝，我还没成为那颗星星，你就遇到这么大的困难。妈妈非常感谢你，让我有机会在这时候帮你承担。你向来信任我，这一次，请再相信我一次，你一定会好、就是会好，把你的痛苦交给我，尽管快乐地过日子就好。

女儿，你知道我多么为你感到骄傲。这四年来，你独自走过这么辛苦的岁月，妈妈有千万句"对不起"想对你说。真的很对不起，让你从小没有父爱，从小跟着我吃苦。真的很对不起，我不知道你生病了，还嫌你动作慢，常常骂你、甚至打过你。真的很对不起，是我搞不清楚状况，自以为是为你好，让你一个人去了美国，回到台湾身上只剩五十块。真的很对不起，害你生病、害你没有朋友、害你被欺负、被耻笑……妈妈真的很对不起你，请你原谅我，不要用离开我这种方式惩罚我，因为我真的很爱你，很爱很爱你……

亲爱的女儿，你是全世界最善良最孝顺的女孩。我知道吃药很辛苦、打针很辛苦、康复很辛苦、表达很辛苦、算数很辛苦……但你很坚强，你做得非常好，你做了所有孩子的榜样。继续加油，你会更好，人生还很长，世界还很大，妈妈还要陪你完成很多很多梦想，要看着你读书、看着你工作、看你穿着漂亮的婚纱、看你甜美的笑容，继续喊我"妈妈"。

　　我的挚爱，虽然你是妈妈怀胎十月的心头肉，但如今你有了新的生命。这个生命是很多很多人的爱所孕育而生，是经过很多很多人的帮助，我们才可以一起手牵手走到现在。所以你一定要记得，这一生无论何时都要帮助需要帮助的人，无论遇到什么困境，都要相信自己做得很棒，都要像现在一样坚强乐观、纯真善良。以后会怎么样，我不晓得，但我只要你知道，不管妈妈是不是在你身边，永远改变不了一个事实：我真的好爱你，好爱好爱我的女儿，润润。

永远爱你的妈妈